KB245915

평생 힘이 되는 말

국립중앙도서관 출판시도서목록(CIP)

평생 힘이 되는 말 / 황금날개 글. -- 인천 :
북뱅크, 2006
　p. ;　cm -- (오후의 산문 2)
표지잠정보: 사랑과 인생의 지혜와 철학적 해
답이 들어 있는 명언 에세이
ISBN 89-89863-51-1 03810 : ₩8500

199.8-KDC4
179.7-DDC21　　　　　CIP2006002580

지은이 | 황금날개

초판 1쇄 발행 | 2006년 12월 20일

초판 2쇄 발행 | 2007년 5월 1일

펴낸이 | 최용선

펴낸곳 | 도서출판 **북뱅크**

등록 | 제 1999-6호　　등록일자 | 1999. 5. 3

주소 | 인천광역시 부평구 십정동 418-4 교근빌딩 302호

전화 | (032)434-0174 / 441-0174

팩스 | (032)434-0175　　전자메일 | bookbank@unitel.co.kr

ISBN 89-89863-51-1 03810

사랑과 인생의 지혜와 철학적 해답이 들어 있는 명언 에세이

평생 힘이 되는 말

황금날개 지음

북뱅크

당신이 알고 있는

최선의 노력을 기울여라.

만약 당신이 마라토너라면 달려라.

만약 당신이 종이라면 울려라.

　이그너스 번스타인이 남긴 이 명언名言은 아주 쉽고 간단명료하지만, 읽을 때마다 힘이 납니다. 당장 러닝화로 갈아 신고 마리토너처럼 달리고 싶어지고, 높은 종탑으로 기어올라 종이 되어 울리고 싶어질 만큼 고무됩니다. 이처럼, 길게 부연 설명을 하지 않고도 굵고 강하게 감동을 남기는 것이 바로 명언의 매력이며 힘일 것입니다.

　어릴 때 우리들 책상 앞에는 꼭 한 구절의 명언이 붙어 있었습니다. 도서관이나 탁구장, 이발소에서도 익히 보아온 '인내는 쓰다. 그러나 그 열매는 달다' '삶이 그대를 속일지라도 슬퍼하거나 노하지 말라' '시간은 금이다' '실패는 성공의 어머니' 와 같이 널리 알려진 명언들은 마치 옆집 아저씨가 머리를 쓰다듬으며 건네는 덕담처럼 평범하지만, 그래도 그때마다 왠지 모르게 힘이 나곤 했습니다.

　어린이 시절을 지나 청소년이 되어도, 또 어른이 되어도 명언이 주는 효용 가치는 줄어들지 않습니다. 어쩌면 한창 질풍노도의 시기를 건너느라 자신과의 싸움을 하고 있는 젊은이들이기에, 또 다양한 삶의 굴곡(삶의 굴곡은 다양하다. 길처럼, 산의 윤곽처럼.-알베르 베갱)을 거쳐 성장한 어른들이기에 삶이 응축되어 있는 명언 한 마디 한 마디가 더욱 절실하게 다가갈지도 모릅니다.

살아가는 동안 삶의 버팀목이 되어준 빛나는 명언과 한 편의 작은 세상 이야기를 씨실과 날실처럼 직조하여 튼튼하면서 가볍고 따뜻한 옷감을 짜듯 이 책을 엮었습니다. '참으로 위대한 것은 소박한 데에 있다'(맥아더 장군의 기도문 가운데)'는 말처럼 소박한 것이 가장 위대하고, 심오한 진리는 바로 평범한 사람들 삶 속에 숨어 있다는 사실을 이 책은 나직하게 말하고 있습니다. 명언 속에 들어 있는 사랑과 인생의 지혜와 철학적 해답이 바로 우리들의 소박하지만 진실한 삶 속에 그대로 녹아 있기 때문입니다.

깊은 절망에 빠져 누구의 위로도 도움이 되지 않을 때 어쩌면 이 짧은 말 한 마디가 뜻밖에 용기를 줄지도 모릅니다.
"왜?" "어째서?"에 대한 당신의 대답 — 괜찮아! 믿음을 갖고 묵묵히 걸어나가라. | 에드워드 M. 포스터 |

이 책이 당신과 나, 우리들에게 평생 힘이 되어주면 좋겠습니다.

1 사랑은 비 갠 후의 햇살처럼 따뜻하다

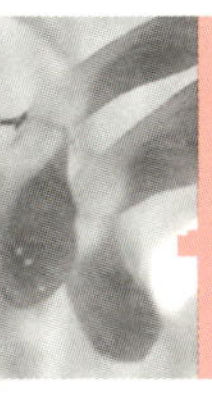

2 우정은 천천히 자라는 나무와 같다

3 행복이란 타인뿐 아니라 자신에게도 즐거움을 주는 향수와 같은 것이다

4 모든 구름에는 은빛 자락이 있다

향기가 멀리 간다고 해서 다 아름다운 꽃은 아니야

당신이 할 수 있는 좋은 일을 하라

인생이란 플러스 10의 속도를 낼 수 있는 오토바이 같은 것이다

한 문이 닫힐 때 다른 문은 열린다

인간이 사는 방식에는 두 종류밖에 없다

다른 사람도 당신만큼 잘할 것이라고 생각되는 일은 하지 말라

전력질주하는 말은 다른 경주마를 곁눈질하지 않는다

슬프도록 아름다운 것이 사랑이다

상추를 심었는데 잘 자라지 않는다고 해서 상추를 비난하지는 않는다

신에게는 큰 것도 없고 작은 것도 없다

1
사랑은
비 갠 후의 햇살처럼
따뜻하다

●**폴 고갱** | *Eugene-Henri-Paul Gauguin* 1848~1903; 후기인상파 시대를 이끈 프랑스 화가.

그가 보여준 개념적인 표현방법은 20세기 미술에 결정적으로 영향을 끼쳤다. 1888년 아를에서 빈센트 반 고흐와 얼마간 같이 지낸 뒤 고갱은 차츰 모방적인 작품을 그만두고 색채를 통한 개성적인 표현을 추구해나갔다. 1891년부터는 남태평양의 타히티와 다른 여러 곳에 살며 작품활동을 하였다. 대표작으로는 초기작인 〈설교 후의 환영〉과 〈우리는 어디에서 왔는가? 우리는 무엇인가? 우리는 어디로 가는가?〉 등이 있다.

향기가 멀리 간다고 해서 다 아름다운 꽃은 아니야.
향기란 오래 머무르지 않고
살짝 스쳐 사라져야만 진정한 향기야.
무조건 멀리 간다고 해서 진정한 향기가 아니야.
향기란 살짝 스쳐 사라짐으로써
영원히 존재하는 거야.

• 폴 고갱 •

우리 동네에는 〈대동학생백화점〉이라는 꽤 오래된 문구점이 있다. 10여 년 전부터 복사하러 다니다가 단골이 되었다. 그곳에 들릴 때면 나는 복사 코너 바로 옆에 있는 우표 코너를 기웃거리며 복사가 끝나기를 기다렸다. 옛날 우표에서 방금 우체국에서 떼어 온 듯한 선명한 색깔의 기념 우표들 그리고 다양한 세계 여러 나라의 우표들을 보고 있으면 재미도 있고 시간도 금방 지나가서 좋았다. 나는 우표 수집을 하지도 않으면서 때때로 야생화 우표나 희귀 동물 우표 같은 걸 몇 장 사들고 오기도 했다.

우표 가게 주인은 동네 어귀 어디서나 흔히 만날 수 있는 지극히 평범한 외형을 한 50대 퍼머 머리 여자이다. 복사하러 갈 때마다 마주치게 되는 그 여자는 아이들에게 우표에 대해 이야기해 주거나 옆 가게 복사 일을 거들어주거나 할 때도 있었지만, 조용히 책을 읽고 있을 때가 많았다.

어느 날 책 표지를 보니 뜻밖에도 한국 현대 단편 문학선이었다.

좀 미안한 말이지만 아줌마들이 시간 때우기로 읽고 있는 책이라면 흔한 여성지거나, 별 내용 없는 베스트셀러거나, 아니면 남녀의 불륜을 흥미 위주로 담은 대중소설이라고 생각했으므로 그 여자가 보는 책을 한 번도 유심히 본 적이 없었던 것이다.

그 후부터 나는 괜히 관심을 보이며 갈 때마다 이것저것 물어보았다.

"어떻게 우표를 파시게 됐어요?"

우표를 좋아해서란다. 처녀 적부터 우표 모으기를 취미로 했는데, 그러다 보니 우표 파는 일까지 하게 되었다고 했다. 그 여자가 좋아졌다.

가끔 잡지에 난 내 글들을 복사하는 걸 보았는지 글을 쓰느냐고 물었다. 그러더니 남편도 글쓰는 사람이라고 했다.

"소설을 쓴다고 하루 종일 집에서 책 읽고 쓰고 뭐 그라고 있는데, 잘 안 되는 모양입디다."

우리 엄마처럼 따뜻한 경북 사투리를 썼다.

"우표는 많이 팔리나요?"

"많이는요 뭐. 그저 먹고살고, 애 아부지 용돈이나 담배 값이나 주고 그라지요."

좋아서 우표를 팔고, 좋아서 글쓰는 남편에게 담배 값 줄 수 있는 50대 여자. 행복한 사람이다. 눈앞에서 하얀 목화꽃 몇 송이가 막 터지는 느낌이었다.

　우리는 특별히 더 가까워지거나 하지는 않았지만 나는 복사하러 갈 때마다 조금 더 길게 이야기를 나누었고, 전보다 좀 더 오래 우표를 구경하다 오곤 했다.

　그러던 어느 날, 우표 코너에 몇 날 며칠 휘장이 둘러쳐진 채 주인 얼굴이 보이지 않았다. 어디가 아픈 걸까, 아님 장사가 안 돼서 그만둔 걸까 궁금했지만 한동안 잊어버리고 있다가 꽤 시간이 흐른 뒤에 다시 갔을 때 반갑게도 그 여자와 다시 만날 수 있었다.

　나의 걱정스런 물음에 여자는 전과 조금도 다르지 않은 편안한 얼굴로,

　"갑자기 우리 아저씨가 죽어 뿌릿어요. 그래서……."

　남편은 그 동안 조그만 계간지에 등단까지 하고는 집에 틀어박혀 좋아라 글만 쓰며 지냈는데, 어느 날 퇴근해서 들어가 보니 깜깜한 방에 혼자 엎드린 채 죽어 있었다는 것이다.

　"지금도 뭐가 뭔지 모르겠어요……."

　그러나 여자는 여전히 담담한 표정이다. 아무 일도 겪지 않은 사람처럼. 그리곤 전처럼 코흘리개들이 묻는 말에 이것저것 우표에 대해 설명해 준다.

　"돈도 모자라면서 이걸 달라꼬? 야가 생도둑놈 아이가."

　말만 한번 그렇게 해볼 뿐, 모자라는 돈을 받고도 여자는 푸근하

게 웃으며 아이가 원하는 우표를 건네준다. 무욕無慾의 표정이 맑고 시원한 샘물 같다.

'좋아서' 글만 쓰던 남편은 갔지만, 여자는 오늘도 문구점 한 모퉁이에서 여전히 '좋아서' 우표를 판다. 나는 우표는 사지 않으면서 매번 공짜 샘물만 길어오곤 했다.

바쁜 일이 있어 한참만에 그곳을 들렀을 때, 그 자리엔 휘장이 둘러져 있고 또 여자가 보이지 않았다. 문구점 주인 아주머니에게 물어보니 갑자기 고혈압으로 쓰러져 병원에 입원했다는 것아다. 남편의 갑작스런 죽음이 뒤늦게사 그이를 쓰러뜨린 것이었을까. 꼭 병문안을 가 봐야지 했는데 차일피일 미루는 사이에 시간이 흘러갔다.

그러다 작정하고 다시 들렀을 때 나는 뜻밖의 비보를 듣게 되었다. 그이가 며칠 전에 세상을 떴다는.

몇 년이 지났지만 아직도 그 문구점 앞을 지날 때면 나는 그이가 그립다. 병원에 있을 때 한 번 찾아가지 못하고 떠나보낸 것이 내내 갚지 못한 빚처럼 가슴을 누른다.

내 마음에 참으로 아름다운 우표를 많이도 붙여주고 간 그이, 이제 그이는 내 가슴에 조그만 우표 하나로 영원히 붙어 있다.

● 존 웨슬리 | *John Wesley* 1703~1791; 영국국교회 성직자.
동생 찰스와 함께 영국국교회에서 감리교운동을 창시한 인물이다. 죄수들
에게 글 읽는 법을 가르쳐주었으며, 이들의 빚을 갚아주고, 일자리를 마련
해주려고 노력했다. 빈민가와 가난한 사람들에게도 손길을 뻗쳐 음식·
옷·의약품·책 등을 나누어주고 학교도 운영했다. 말년에 웨슬리는 영국
제도諸島에서 존경받는 인물이 되었다.

당신이 할 수 있는
좋은 일을 하라

당신이 할 수 있는 좋은 일을 하라.
당신이 할 수 있는 모든 방법으로,
당신이 할 수 있는 혼신의 힘을 쏟아,
당신이 갈 수 있는 모든 장소에서,
당신이 할 수 있는 모든 시간을 들여
가능한 한 길게.

• 존 웨슬리 •

영화 〈러브레터〉에는 주인공 이츠키에게 편지를 전달해주는 역할을 맡은 젊은 우편집배원이 등장하는데, 그는 우편집배원치고는 좀 튀는 머리 스타일을 하고 있다. 그를 유심히 본 사람이라면 우편집배원 제모制帽 아래서 등뒤로 흘러내리던 굽슬굽슬한 꽁지머리를 떠올릴 수 있을 것이다. 그 꽁지머리가 내게 한 우편집배원에 대한 아름다운 기억을 되살려주었다.

일본 요코하마에 체류하던 때였다. 막 더워지기 시작한 초여름 무렵, 급한 등기 우편물이 있어서 서둘러 아이를 유모차에 태워 우체국으로 향했다. 그러나 우체국에 도착해서야 나는 지갑만 챙기고 편지 봉투를 책상 위에 두고 온 사실을 알았다. 그렇게 먼 길은 아니었지만 되돌아가는 길은 몹시 길게 느껴졌고 목덜미에 닿는 초여름 햇볕은 무척 따가웠다.

집으로 가서 우편물을 챙겨 다시 유모차를 밀고 가는데 맞은편에서 오던 빨간 오토바이가 내 앞에 스르르 멈춰 섰다. 그는 가끔 동네에서 마주치곤 하던 우리 구역 우편집배원이었다.

"혹시 지금 우체국 가는 길이십니까?"

"네, 그런데요……."

"그러시다면 제가 금세 우체국으로 돌아갈 텐데 대신 부쳐드리겠습니다."

그는 내가 조금 전에 우체국에 들렀다가 다시 가고 있는 걸 보았던 걸까.

그는 내 손에 들려 있는, 우표가 붙어 있지 않은 흰 봉투를 내려다보고 있었다. 친하게 지내던 이웃을 길에서 만난 것 같은 태도였다. 나 지금 우체국 가는 길인데 그거 대신 부쳐줄게. 하는 것 같은.

"아, 말씀은 정말 고맙습니다만, 이건 등기 우편이라서……."

"제가 우체국에 들렀다가 곧 다시 배달을 나올 거니까 그 때 영수증을 가져다드리지요."

그의 목소리는 호수에 빗방울이 떨어지는 것처럼 듣기에 좋았다.

나는 솔직히 좀 어리둥절했고 그의 지나친 친절이 좀 거북살스럽기도 했지만, 덥기도 했고 계속 징징대는 아이 때문에 그만 그에게 부탁을 하고 돌아섰다.

그러고 나서 십 분이나 지났을까. 딩동, 초인종이 울렸다. 인터폰 속의 남자 목소리는 조금 전 그 우편집배원임에 틀림없었다.

"자, 여기 영수증이구요, 거스름돈입니다. 안녕히 계십시오."

그는 내가 시원한 음료수를 대접할 틈도 주지 않고 거스름돈을 넣은 봉투를 건네고는 금세 돌아섰다. 저기, 잠깐 물 한 잔이라도……. 나는 그의 뒤통수에 대고 입속으로만 우물거리고 있었다. 그가 건네고 간 거스름돈 몇백 몇십 몇 원의 동전이 다 한 송이 한 송이 작은 꽃이기라도 하듯 나는 소중하게 감싸쥐었다.

그가 완전히 사라질 때까지 나는 복도를 향한 채 그대로 서 있었다. 그런데 발걸음도 경쾌한 청년 우편집배원의 뒤통수는 뜻밖에도 한 갈래로 질끈 묶은 꽁지머리였다. 나이는 스물 서넛쯤 되었을까.

주위 사람들에게 아무렇지도 않은 얼굴로 기쁨 한 송이를 툭 던져주고 가는 사람들이 있다. 감동한 얼굴로 감사의 인사라도 할라치면 그들은 그게 무어 그리 대수로운 일이냐는 듯 오히려 어색해한다.

그 후에도 나는 동네에서 수시로 그 우편집배원을 만났다. 더러는 스쳐 지나갔고, 더러는 우리 집에 우편물을 전해주었고, 더러는 길에서 정면으로 마주치기도 했는데, 그 때마다 그는 예의 그 공손한 태도로 보일락 말락한 미소를 지어보인 뒤 꽁지머리만 나풀거리며 멀어졌다. 그럴 때마다 나는 그의 뒤통수에 대고, 잠깐 시원한 물 한 잔이라도…를 입 속으로 중얼거리며 그가 보이지 않을 때까지 서 있곤 했다.

친절한 행동은
아무리 작은 것이라도 결코 헛되지 않다.

• 이솝 •
| *Aesop* ; 그리스 우화집 작가로 여겨지는 인물에게 붙여진 이름 |

인생이란
플러스 10의 속도를 낼 수 있는
오토바이 같은 것이다

인생이란 플러스 10의 속도를 낼 수 있는
오토바이 같은 것이다.
우리들 대부분은
쓰지 않는 벽속 기어를 갖고 있다.

• 찰스 슐츠 •

어느 일요일 낮, 어쩌다 제목도 모르는 드라마 재방송을
중간부터 보기 시작해 끝까지 다 보았다. 중견 탤런트 고두심과 배
종옥을 비롯 모든 연기자들이 자기만의 자리에서 딱 떨어지는 개성
연기를 보여주어 눈을 뗄 수 없었다.

특히 내 눈을 끌어당긴 것은 배종옥이 슈퍼마켓 안 생선 코너에서
일을 하는 설정이었다. 그 드라마를 쓴 작가가 삶의 한 단면을 나타
내기에 생선 가게가 안성맞춤이라고 생각해서 설정한 것인지는 모
르나 유심히 보았다. 오래 전 나는 슈퍼마켓의 생선 취급하는 부서
에서 아르바이트를 한 경험이 있기 때문이다.

1988년 우리나라에서 올림픽이 열리던 그 해 나는 일본 유학을 떠
났고, 도착한 첫 해에는 랭귀지스쿨을 다니며 오후 시간을 이용해
아르바이트를 하였다.

일본에 간 지 한 달밖에 안 되었는데도 나는 겁도 없이 신문 간지

의 구인 광고를 보고 동네의 할인마트에 이력서를 들이밀었다. 꿈도
야무지게 계산대를 염두에 두고 있었으나 정작 배속된 곳은 '선어부
鮮魚部'라고 하는 생선을 취급하는 곳이었다.

지루하고도 힘든 나날이었지만 그래도 그 때의 일들을 행복하게
떠올릴 수 있는 것은 그곳에서 만난 '꽃보다 아름다운 사람들' 때문
이었다.

어느 날, 내가 아르바이트장으로 들어섰을 때 휴식시간이었는지
한 청년만이 혼자 남아 일을 하고 있었다. 당번인 모양이었다.

"이름이 카시오라고 했던가요?"

"맞아요, 카시오."

"어머, 시계 이름이잖아요."

나는 재미있다는 듯이 웃었지만 악의는 없었다. 나는 그 나라 말
에 빨리 익숙해지기 위해 기회만 되면 누구에게나 말을 걸었다.

"에또, 전자계산기도 있지요."

손으론 잘 벼려진 칼로 여전히 가다랭어의 살을 포 뜨면서 고개도
들지 않은 채 응수했다.

"맞아요, 휴대용 전자계산기. 한국에서 많이 봤기 때문에 카시오
란 이름을 듣자 마자 금세 익혔어요. 회 뜨는 걸 보니 숙련된 솜씨인
데요. 예술이에요, 예술."

쉽게 사귀기 위해 약간 아부를 한 것은 사실이지만 정말이지 그의

칼 솜씨는 유연했고 빨랐고 리드미컬했다. 묘기를 보는 것 같았다.

그렇게 이야기를 터서 알게 된 그는 아직 이십대였지만 생선회를 뜨는 숙련된 기술자였다. 어촌에서 고기를 잡는 아버지 밑에서 자란 그는 의무교육인 중학교 학력이 전부였지만 자기 분야에서만은 프로였다. 10년 가까이 곧게 한길만 파내려간 그는 나이는 어렸지만 이미 높은 수준의 급료를 받는 기술자였다.

정월 초하루 식탁에도 생선 초밥이 오를 정도로 끔찍하게도 생선회를 좋아하는 일본 사람들을 웅변적으로 말해주는 곳이 바로 선어부이다.

붉그죽죽한 생선 핏물이 골을 타고 흘러내리는 선어부에서 내 덩치보다 큰 참다랑어를 처음 봤을 때의 놀라움이란. 금방이라도 펄쩍 튀어오를 것 같은 거대한 물고기가 내 눈 앞에서 토막내지고 담겨지고 날라지고 있었다.

큰 냉동 가다랭어 덩어리를 들고 나와 적당한 크기로 여러 토막을 낸 다음 부위별로 먹기 좋고 보기 좋게 회 쳐내는 것은 기술자들의 일이었고, 정해진 장소에 서서 스티로폼 접시에 무 채를 까는 폼나는(?) 일이나 랩으로 팩을 포장하는 고급스런(?) 일은 고참 아주머니의 몫이었다.

신참 아르바이트생인 나에겐 너무나 당연하게도 얼음물에 담긴 꽁치를 두 마리씩 건져올려 팩에 담는 일이 기다리고 있었다. 여름

에도 실내는 냉장고처럼 추웠다. 아무런 지식이나 기술을 요하지 않
는 그 기계적인 동작을 몇 시간 되풀이하는 동안 고무장갑을 낀 손
이 시려왔고, 추웠고, 허리와 어깨가 아파왔다.

어쩔 수 없이 첫 날만 일하고 다시는 그곳에 발을 들여놓지 않으
리라고 생각했는데, 춥고 비린내 나는 그곳에서 내가 장장 2년이나
일할 수 있었던 건 순전히 카시오 덕분이었다.

말수가 적은 그였지만 내가 외국인이라는 것 때문에, 그리고 이름
때문이긴 하지만 가장 먼저 이런 저런 이야기를 나눈 덕분에 여러
모로 신경을 써주었다. 내가 혹 일에 실수라도 하면 슬쩍 다가와 대
신해 주는 것도 그였고, 노래를 흥얼거리다가 가사가 막히면 슬며시
알아 듣게 불러주는 것도 그였고, 표시 나지 않게 간식을 살짝 밀어
주는 것도 그였다.

카시오 말고도 그 곳에 두 명 더 그 나이 또래의 프로가 있었는데,
그들 역시 카시오와 비슷한 과정을 거쳐 기술자가 된 청년들이었다.
거기서 그들은 '선어부 삼총사' 로 불리웠다. 생선회를 잘 뜨는 데
학력 같은 건 도움이 되지 않으니 학력에 대한 열등의식 같은 걸 느
낄 필요가 없었다. 그들은 당당했다. 진지했다. 그리고 무엇보다 그
들은 매우 즐겁게 일하고 있었다.

마트의 폐점 시간이 가까워지면 그들은 앞치마를 벗어놓고 깨끗
한 작업복 차림으로 매장에 나가 판매를 거든다.

“싱싱한 참치회가 500원 할인이요, 할인.”

방금 전에 자신이 만들어 놓은 작품을 들고 노래라도 부르듯 큰 소리로 선전을 한다. 아주머니, 할머니들은 그들의 귀여운 호객행위를 미소를 띄고 바라보다가 가격 인하 딱지가 붙은 생선회 접시를 기꺼이 장바구니에 담는다.

야채부 아가씨들에게 가장 인기 있는 직원들도 바로 그들이었다. 생일이나 발렌타인데이엔 그들 삼총사에겐 선물이 넘쳐났다. 휴식 시간이면 셋은 장난치기 좋아하는 강아지들처럼 한바탕 떠들며 장난을 치고 놀았다. 지나가는 어른들은 그들 삼총사를 바라보는 것만으로도 입가에 미소를 머금었다.

시간이 지나면서 다른 사람들의 이름은 다 잊어버렸는데 카시오만은 여전히 기억하고 있다. 이제는 시계나 전자계산기 이름으로서가 아니라 파닥파닥 싱싱하게 삶을 헤엄쳐 다니는 한 마리 등 푸른 생선의 이름으로서.

* 나중에 알았는데 내가 그 날 본 드라마는 노희경 작가의 〈꽃보다 아름다워〉였다.

인간의 행복의 원리는 간단하다.
불만에 자기가 속지 않으면 된다.
어떤 불만으로 자기를 학대하지만 않는다면
인생은 즐거운 것이다.

• 버트란드 러셀 •
| *Bertrand Russell* 1872~1970 ; 영국의 논리학자 · 철학자 |

●알렉산더 벨 | *Alexander Graham Bell* 1847~1922; 스코틀랜드 태
생 미국의 청각과학자.
1876년 전화를 발명한 것으로 유명하다. 워싱턴 D. C.에 거주하면서 벨
은 광선으로 소리를 전달하는 광전화光電話의 발명으로 절정에 달하게 되
는 통신, 의학 연구, 농아들에게 말을 가르치는 기술 등에 대해 실험했다.
1893년 5월 8일, 13세의 천재 헬렌 켈러가 그의 새 볼타 사무국(오늘날
농아들의 구두口頭교육과 관련된 국제적 정보국) 건물 기공식에 참석했
다. 그는 생애에 걸쳐 헬렌의 좋은 친구로서 그녀를 후원했다.

한 문이 닫힐 때
다른 문은 열린다

한 문이 닫힐 때 다른 문은 열린다.
하지만 우리는 종종 닫힌 문만을 너무나 안타깝게,
너무나 오랫동안 바라보느라
우리를 위해 열려 있는 다른 한 문을 보지 못한다.

• 알렉산더 벨 •

내가 처음 〈양지화원〉에 들렀던 때만 해도 남자가(더우기 미혼 남자가) 꽃집을 하는 경우는 흔하지 않았기 때문에 우선 주의를 끌었다.

그 남자와 몇 마디 말을 주고받은 건 그 남자가 멋지게 꽃꽂이 해준 꽃바구니를 네다섯 사람에게 선물하고 났을 때였다.

"어떻게 꽃집을 하시게 되었어요?"

"꽃이 좋았어요."

짤막한 대답.

"그래도 어떤 계기가 있었을 거 같은데요."

"추레라 운전을 오래 했는데 늘 이게 아니다, 싶었거든요."

"추레라…요?"

"짐 싣고 다니는 큰 차 있잖습니까?"

"아, 예에……."

트레일러를 말하는 모양이었다. 작고 마른 데다가 조용조용한 그 남자가 거대한 트레일러를 몰고 어두운 밤 고속도로를 쌩쌩 달리는 상상을 해 보았다. 나도 그건 아니다 싶었다.

그리고는 또 한참 말이 없다. 그의 손에 들린 가위에서 나는 찰칵찰칵 꽃대 자르는 소리가 한동안 공백을 메꾸었다.

꽃집 남자가 노란 장미를 잘라 다 꽂았을 때 내가 또 물었다.

"그러다가 어떻게 ……."

"우연한 기회에 꽃꽂이 전시회에 갔어요. 그 때 바로 이거다 하는 생각이 들었어요. 그래서 바로 학원에 등록했어요. 참 우습죠?"

여전히 고개를 들지 않은 채로 손을 재빠르게 움직이면서 말했다. 그의 입이 보일 듯 말 듯 웃고 있었다.

그 후 나는 먼 곳에 보내는 화환이라도 꼭 그 집을 이용했다.

하루 종일 비가 내리던 우울한 날 밤, 시든 꽃이 꽂혀 있는 꽃바구니를 들고 꽃집으로 달려갔다. 꽃 바구니에 싱싱한 새 꽃으로 갈아 꽂아달라고 부탁했다. 그 날은 나 자신을 위해 꽃을 사고 싶었다.

찰칵찰칵 꽃대 자르는 경쾌한 소리를 몇 번 내더니 그는 금세 마음에 쏙 드는 작은 꽃바구니를 완성했다. 그러더니 꽃바구니를 두 손으로 내밀면서 쑥스러운 듯, 그냥 가져가세요,라고 말했다. 그 날의 피로와 우울이 말끔이 가시는 듯했다.

일년도 채 못 되어 〈양지화원〉은 가게를 늘렸다. 그의 누나가 나와 가게를 지켜도 부족할 정도로 일손이 달렸다. 어버이 날, 스승의 날 그리고 그 동네 학교들(그 동네에는 유난히 학교가 많았다. 초·중·고등학교 합해서 여섯 개나 있다!)이 졸업하는 겨울에는 정말이지 즐거운 비명이 넘쳐났다. 잘 됐다, 참 잘 됐다, 속으로 중얼거렸다.

그러나, IMF 한파는 가장 먼저 꽃집에 몰아닥쳤다. 가게를 늘리지 않았다면 그런 대로 극복하기가 쉬웠겠지만 내가 멀리서 보아도 커다란 양지화원은 지나치게 설렁했다. 가끔씩은 하루 종일 셔터가 내려져 있기도 했다. 가슴이 아팠다. 좋아하는 일을 성실하게 하는 그 청년에게 가게 문을 닫는 일만은 생기지 말기를 간절히 바랐다.

어느 날 꽃을 살 일이 있어서 들렀을 때 그가 말했다.

"작은 데로 옮기기로 했어요."

그렇게라도 해서 어려운 시기를 버텨낼 수만 있다면 다행이겠다 싶어 반색을 했다.

"그리고 저… 저, 결혼해요."

고개도 똑바로 들지 못하고 꽃집 남자가 말했다.

"힘을 합해 조그맣게 다시 시작하려고요."

그의 손이라도 따뜻이 잡아주고 싶었다. 결혼식 날짜를 끝내 말해주지 않는 그에게 몇 번이고 축하의 말을 건네고 돌아섰다. 괜스레 눈물이 핑 돌았다.

“왜?” “어째서?”에 대한 당신의 대답
– 괜찮아! 믿음을 갖고 묵묵히 걸어나가라.

• 에드워드 모건 포스터 •
| *Edward Morgan Forster* 1879~1970 ; 영국의 소설가 · 수필가 |

● 카네기 | *Andrew Carnegie* 1835~1919 ; 스코틀랜드 태생 미국의
실업가.
19세기 후반에 미국의 철강산업을 거대하게 성장시킨 장본인이며 당대
최고의 자선사업가였다. 그는 산업계에서 은퇴한 채 자선사업에만 전심전
력을 기울였는데, 그의 자선사업 또한 어마어마한 규모였다. 카네기는 미
국과 영국을 비롯한 여러 영어권 국가에 수많은 공공도서관을 설립하기
위해 기부금을 내놓았고, 뉴욕 카네기 재단(1911)은 문화의 발전을 위해
막대한 자금을 기부해왔다. 1920년 그의 자서전이 J. C. 밴 다이크에 의
해 출판되었다.

인간이 사는 방식에는
두 종류밖에 없다

인간이 사는 방식에는 두 종류밖에 없다.
하나는 기적 같은 건 일어나지 않는다고 생각하는 것,
또 하나는 기적은 반드시 일어난다고 믿는 것.

• 카네기 •

좀 나아지긴 했지만 그래도 보통 사람들에게 병원 문턱은 여전히 높다. 더욱이 의사란 우리와 다른 세계에 사는 딱딱한 권위의 상징이었다. 그들은 무지한 사람들 앞에서 어려운 영어로 병명을 기록하고 말하는 데다, 언제나 하얀 가운을 입고 있다. 또한, 차가운 금속 청진기를 맨 가슴에 무례하게 들이대는 것으로 그렇지 않아도 긴장하고 있는 환자를 깜짝 놀라게 한다. 우리에게 그들은 두렵고 낯선 외계인에 다름아니었다.

하지만 나의 단골 병원 〈김내과〉의 여의사 김정아 선생님은 다르다. 그래서 나는 집에서 가깝지 않은데도 굳이 〈김내과〉까지 간다. 물론 그녀와 가까워지기까지는 적지 않은 시간이 소요되었다. 하지만 시간이 흐른다고 누구하고나 다 친구가 될 수 있는 건 아니지 않은가.

진료실을 들어서서 그녀의 장난기 어린 듯한 독특한 눈웃음을 보는 순간부터 나는 몸 한구석에 언제 이상이 있었느냐는 듯 기분이 좋아진다. 10여 년을 한결같이 다니다 보니 이제는 정작 병에 대한 이야기보다는 세상 사는 이야기를 더 많이 나누고 오게 되는데, 그녀는 오랜만에 만나도 어색하지 않은 친구 같기도, 맞장구 잘 쳐주는 옆집 아줌마 같기도, 때론 손주들에게 줄 따뜻한 스웨터를 뜨며 옛날이야기를 들려주는 할머니 같기도 했다.

진료를 끝내고 내가 이 얘기 저 얘기를 하고 있는 중에도 그녀의 손은 계속해서 컴퓨터의 키보드를 누르고 있길래, 어느 날은 물어보았다. 병 이야기는 아까 끝났는데 뭘 그렇게 열심히 치고 있느냐고. 그랬더니 그녀는 환자가 하는 이야기는 무엇이든 다 기록해 놓는다고 했다. 지난번에 무슨 일이 있었는지 한번 들어볼래요? 그러면서 화면 속의 기록을 읽어 내려갔다. 언제는 시댁에 가서 고추 따는 걸 도와드렸고, 언제는 아이가 처음으로 상을 받았고, 언제는 부부싸움을 했고 등등.

모니터에 집중한 채 나의 사생활을 읽어주고 있는 그녀의 옆 얼굴을 보며 나는 또 사랑에 빠졌다. 나는 그녀를 만나면 늘 사랑에 빠진다. 헤어지기 싫어 조금만 더, 조금만 더 하며 수다를 떨다가 다음 환자에 밀려 진료실을 나오기 일쑤다.

그런데 나만 그러는 것이 아니라는 걸 나이 든 할아버지, 할머니들이 바로 증명해보인다. 노인들은 이 선생님 앞에만 오면 무슨 할 말이 그리도 많은지 끝도 없이 쏟아내놓았고 그녀는 속속 컴퓨터에 주워 담았다. 어떤 할아버지는 그렇게 이야기하고도 모자랐는지 진료실을 나갔다가 다시 빠끔 문을 열고 들여다보면서 '선상님, 그랴도 소주 한두 잔 정도는 마셔도 되겠지유?' 하고 물어보기도 한다.

젊은 사람들보다 노인들에게 더 사랑을 받던 그녀는 그 사랑을 더 많은 노인들에게 되돌려주려고 내과 위층에 노인 전문 병동을 새로 개설했다.

"했던 얘기를 갈 때마다 하고 또 하는 치매 할머니들 표정이 얼마나 진지하고 또 얼마나 귀여운지 알아요? 같이 놀자고 보채는 어린 애들하고 똑같아요."

그녀는 치매 노인들의 손을 잡거나, 얼굴을 만지고, 휠체어를 밀며 연신 하하 하하 웃는다. 그녀 앞에 있는 노인들은 엄마 손을 잡고 나들이 나온 천진한 어린애 같다.

그녀에게 심각하게 특별상담을 한 것도 아니고, 그녀가 우리에게 새로 개발된 좋은 신약을 그 자리에 투여한 것도 아닌데, 그녀를 만나고 나오면 언제나 병이 다 나은 것처럼 가뿐하다.

어느 날, 진료실을 나오는데 문득 이런 생각이 들었다. 그녀는 신神이 우리에게 잠시 빌려준 마술 우산이라는. 비가 올 때는 꼭 필요하지만 비가 그치기가 무섭게 어디론가 사라져버리므로 물에 젖은 우산을 갖고 다니지 않아도 되니까 말이다.

사랑은
비 간 후의 햇살처럼
따뜻하다.

• 세익스피어 •
| *William Shakespeare* 1564~1616 ; 영국의 시인 · 극작가 |

●**앙드레 지드** | *Andre-Paul-Guillaume Gide* 1869~1951: 프랑스의 작가 · 인도주의자 · 모럴리스트.

아버지는 남부 위그노교도 농부 집안 출신이었고, 어머니는 북부 로마 가톨릭 가문 출신이었다. 아버지가 일찍 죽자 그는 주로 집안에 갇혀 지내면서 냉담한 가정교사들과 어머니에게 교육받았으며, 루앙에 있는 동안 사촌누이 마들렌 롱도를 깊이 사모하게 되었다. 대학입학 자격시험을 준비하기 위해 알자시엔 학교로 돌아와 1889년 시험에 합격한 후 일생을 글을 쓰고 음악을 듣고 여행을 하면서 보내기로 마음먹었다. 1947년에 노벨 문학상을 받았으며, 〈배덕자〉, 〈좁은 문〉, 〈전원교향악〉 등이 있다.

다른 사람도
당신만큼 잘할 것이라고
생각되는 일은 하지 말라

다른 사람도
당신만큼 잘할 것이라고 생각되는 일은 하지 말라.
다른 사람도 당신만큼 잘 말할 수 있을 것이라고
생각되는 일은 하지 말라.
다른 사람도 당신만큼 잘 쓸 수 있을 것이라고
생각되는 글은 쓰지 말라.
어디에도 존재하지 않고 오직 당신 자신 속에만 있는 것에 충실하라.
그러면 당신은 꼭 필요한 사람이 될 것이다.

• 앙드레 지드 •

시계 할아버지를 한번 찾아가 봐야지 벼르고 있었는데 어느 날 문득 그 할아버지가 돌아가셨으면 어쩌나 마음이 급해져 만 사 제쳐두고 남대문시장을 찾았다.

몇 군데 물어물어 그 분이 아직도 남대문 시장 한 귀퉁이에서 일을 하고 계시다는 것을 겨우 알아냈다. 텔레비전에서 본 것처럼 좁은 계단을 올라 2층으로 올라갔다. 할아버지 혼자 계시는 곳이라고 생각했는데 들어가보니 작은 공간을 또 몇 사람이 나누어 쓰고 있었다. 작업장에는 여러 가지 부속과 시계를 수리하기 위한 선반旋盤 기계가 놓인 책상 그리고 할아버지가 앉은 의자 하나가 전부였다.

"할아버지, 안녕하세요?"

행여 귀가 잘 들리지 않을까 하고 큰 소리로 인사를 하고 앉았다. 텔레비전에서 보았던 예의 부드럽고 선한 눈매가 먼저 웃으며 반겨 주었다. 처음 만난 분 같지가 않았다. 철 덜든 딸처럼 쉴 새 없이 마구 수다를 떨었다. 할아버지는 돗수 높은 안경 너머로 바라보시며 처음 대면하는 여자의 수다를 그저 푸근한 웃음으로 받아주셨다.

시계를 진열해놓고 파는 곳이 아닌 데다 고치러 온 시계들은 수리하는 족족 가져가기 때문에 남아 있는 것이 없었다. 다행히 할아버지 바로 뒤 벽면에 걸려 있는, 바닥이 칠보 장식으로 된 오래된 벽시계 하나를 구경할 수 있었는데 대략 7, 80년 전에 영국에서 만들어진 것이라고. 돌려 감는 태엽 대신 아래로 늘어져 있는 파이프 같은 줄을 잡아당겼다 놓으면 그게 풀리면서 시계가 가는 것이라고 했다.

그 시계는 바닥 그림이 무척 아름답고 고급스러웠다. 소장하고 있는 사람이 몇 군데 수리점을 거쳐 물어물어 할아버지에게 가져온 것이라는데, 할아버지 손에 의해 말끔하게 고쳐진 시계는 정확한 시각을 가리키고 있었다. 오래된 데다가 귀한 물건이라 싯가로 몇 백만 원을 족히 웃돌 것이라고 하셨다.

현재 아흔이셨으나 아직도 전철로 출퇴근을 할 정도로 아주 정정하셨다. 시계 수리 일은 소년 시절에 일본어판 〈시계 강의록〉 하나에 의존해 독학으로 공부하였다고 한다. 그저 시계가 좋아서 시작하였단다. 그지 좋아서. 그 밖에 더 무엇이 필요하겠는가. 그 한 마디가 괘종시계의 울림처럼 덩, 하고 내 가슴을 때렸다.

시계를 뜯어보고 맞춰보고 하느라 시계를 숱하게 없애면서 스스로 터득한 그는 17세부터 수리를 시작하여 한평생 시계만 짝사랑하였다. 그의 손을 거치지 않은 시계 종류가 없을 정도로 그는 많은 시

계를 보았고, 죽어가거나 숨이 멎은 시계에 다시 생명을 불어넣어 주었다. 손목시계에서 회중시계, 괘종시계 등등 시계에 관한 한 그는 모르는 것이 없고 사랑스럽지 않은 게 없었다.

백내장 수술 후 1년 정도 쉬었지만 다행히 다시 앞이 보여 또 시작한 시계 수리. 꼽아보니 70여 년 세월을 시계와 동고동락하였다며 할아버지는 열일곱 소년처럼 웃었다.

당신 몸의 일부분 같은, 시계 수리에 꼭 필요한 선반기계가 순한 동물처럼 할아버지 앞에 납작 엎드려 있었다.

"내가 월남越南해서 수리를 시작할 당시만 하더라도 이런 기계는 거의 구할 수 없었지. 의정부 미군부대에서 어찌어찌하여 흘러나와 내 손으로 오게 되었는데, 이렇게 좋은 건 이제 우리나라에 몇 대 안 남았을 거야."

얼마나 기름 수건으로 자주 닦고 손을 보았는지 몇십 년 되었다는 기계가 방금 전에 들여온 것처럼 반짝거렸다.

"할아버지가 더 일을 못하시면 이 선반기계는 누구에게 물려주시나요? 아드님도 이 일을 하시나요?"

나는 기계를 자기 몸의 일부분처럼 소중히 다루는 사람들을 몇 알고 있다. 오래 옷 수선을 해온 지하상가 수선집 아줌마의 반질반질한 재봉틀과 그의 손에만 들어가면 고쳐지지 않는 것이 없는 신흥전기 아저씨의 전동드라이버와 꽃집 남자의 잘 벼려진 가위를 볼 때마다 두 손을 앞으로 가지런히 모으게 된다.

"아들이 이 일을 하겠다기에 내가 말렸어. 그 아이는 나처럼 이렇게 안에만 갇혀 살지 말고 내가 못 살아본 자유로운 인생을 살아보게 하고 싶어서. 이 일에 후회는 없지만 말이야."

나이 마흔이 되면 자신의 얼굴에 책임을 지라고 링컨이 말했다던가. 아흔 연세에 저렇게 맑은 얼굴을 가질 수 있다는 건 얼마나 큰 축복인가. 그것은 욕심 없는 사람들에게만 내려지는 신의 선물임에 틀림없다.

할아버지를 언제 또 만나러 올지 모르나 건강하시길 마음으로부터 빌었다. 시계 할아버지도 머지않아 우리 곁을 떠나시어 만나고 싶어도 다시 만날 수 없을 것이다. 할아버지의 맑은 표정과 따뜻한 웃음이 남대문시장을 다 빠져나와서도 나를 따라다녔다.

전력질주하는 말은
다른 경주마를 곁눈질하지 않는다

전력질주하는 말은
다른 경주마를 곁눈질하지 않는다.
다만 자신의 힘을 최대한 발휘하는 일에만
온 신경을 집중시킨다.

• 헨리 폰다 •

단독주택으로 이사를 한 후 내부 수리를 끝내고 마지막으
로 전기 공사를 하기 위해 멀지 않은 공구 상가의 한 전기공에게 출
장을 요청했다.

키는 작았지만 아주 단단해보이는 체격의 삼십대 중반 정도로 보
이는 그 전기공은, 이 방, 저 방, 아래층, 위층을 날 듯이 가볍게 뛰
어다니며 여러 가지 도구들을 사용해 손을 봐 나갔다. 전기선들과
텔레비전 안테나 선들, 전화선, 인터폰 선까지 보기 싫게 늘어져 있
는 집안의 모든 선들을 정리한 후, 고장난 세탁기에서 현관 열쇠를
고쳐 다는 일까지를 일사천리로 처리했다. 나는 그의 잰 손놀림을
무언가에 홀린 듯 바라보고 있었다.

마법의 손이었다. 작고 짧은 데다 그다지 아귀힘이 세보이지 않은
그 손이 어쩌면 그렇게 재빠르고도 빈틈없이 척척 일을 해내는지.
그 사람이 일을 하는 동안 그 사람 손의 일부분처럼 손에 착 달라붙
어 척척 움직여주던 묵직한 전동 십자드라이버. 끝에 자석이 달려

있어 나사못을 딱 붙인 채 전기만 넣으면 원하는 곳에다 몇 초만에 임무를 완수했다. 나는 그 때 전동 드라이버의 위력을 확실히 보았다. 그것이 가진 편리함과 신속함과 강력함이 나를 사로잡기 시작했다. 그 사람의 기술이 다 그것 하나에서 나오는 것이기라도 하듯 그것을 갖고 싶다는 욕망이 끓어 올랐다.

"아저씨, 그거 가격이 얼마나 되나요?"

급기야 나는 이렇게 물어보고야 말았다.

"왜요, 아주머니가 이 길로 나서려구요?"

그가 처음으로 농담을 던졌다.

물론 전기 기술을 배워 전기공으로 나설 생각은 아니었지만, 그것이 집에 있으면 여러 모로 편리할 것이라는 생각이 들었다.

한 가지 한 가지 일을 끝낼 때마다 선 하나의 끝처리까지 부드러운 곡선으로 신경을 써서 거의 예술적으로 완벽하게 처리하는 그 전기기사의 실력과 철저한 직업의식이 나를 숙연하게까지 했다.

그 날 이후 그는 우리 집의 전속 전기 담당 기사가 되었다. 아무리 작은 일이라도 타타타타 오토바이 소리를 내며 달려와 그 민첩한 몸놀림과 섬세한 손놀림으로 재빨리 손을 봐주었다.

로봇의 내부처럼 전기제품의 부품들로 빼곡 들어차 있는 채 두 평도 안 되는 작은 가게 〈신흥전기〉. 그 가게 앞을 지날 때면 십자드라이버를 닮은 그 전기수리공에게 따끈한 커피라도 건네지 않고는 지나치지 못한다. 그런 나를 무뚝뚝하게 나무라면서도 옆 얼굴에 고마워하는 빛이 역력하다.

몇 달만에 전화를 걸었다. 내가 괜히 안부부터 물으며 뜸을 들이고 있으면,

"길게 이야기 할 시간 없어요. 또 어디가 잘못됐나요?"

우리 집에 또 무슨 불편한 일이 생겨 자신을 필요로 한다는 사실을 알고 있으니 시간낭비 하지 말고 용건만 빨리 말하라는 뜻이다.

장을 새로 들여놨는데 그 뒤에 있는 콘센트가 어쩌고저쩌고 설명하고 있으면 그는 말을 뚝 자른다.

"언제 가면 됩니까?"

"바쁘시겠지만 오늘 시간 좀 내주셨으면……."

"뭐, 늙은 애인이 오라는데 안 갈 수 있나요?"

여전히 퉁명하게 내뱉는 대답을 듣고서도 내 입가에는 배시시 미소가 흘러나온다. 생각지도 않게 들은 '늙은 애인' 이라는 말이 정겨웠다. 타타타타 오트바이 소리를 내며 그 전기공이 언덕을 올라오는 소리가 벌써부터 들리는 것 같다.

당신은 자기가 친절하기 때문에
도리어 남에게 경멸을 당하리라고 두려워하지 말라.
재주가 능한 목수는
목수의 일을 조금도 모르는 사람이
자기의 재주를 칭찬하지 않는다고 해서 비관하지 않는다.

• 노자 •
| 老子 ?~? ; BC 6세기경에 활동한 도가(道家)의 창시자 |

●마르그리트 뒤라스 | *Marguerite Duras* 1914~1996; 프랑스의 소설가, 시나리오 작가, 극작가, 영화감독.
〈히로시마 내 사랑〉(시나리오)·〈인도의 노래〉(책, 시나리오) 등으로 국제적 명성을 얻었다. 어린 시절 대부분을 인도차이나에서 보냈으며 17세 되던 해 프랑스로 건너와 파리 소르본 대학에서 법률 및 정치학을 공부했다. 뒤라스는 등장인물이 거의 없고 구성이 간단하며 대사가 절제된, 전통적인 소설 요소를 배제한 추상적이며 종합적인 작품양식의 소설을 썼다. 희곡 〈인도의 노래〉를 직접 각색하고 감독하여 영화로 만들었다. 사망 후 마지막 작품 〈그게 다예요〉가 출간되었다.

슬프도록 아름다운 것이 사랑이다

슬프도록 아름다운 것이 사랑이다.
그보다 더 아름다울 수 있는 것이 광기이다.
이는 진실과 거짓, 지성과 감성이라고 구별짓는 판단에 대항하여
우리를 보호해주는 유일한 것이다.

• 미르그리트 뒤라스 •

어릴 때 오빠 방에서 처음 고흐를 만났다. 고흐의 화집에서 본 귀를 감싸고 있는 이상한 남자와 해바라기나 꽃병 등, 그 강렬한 색감의 그림들은 오래 기억 밑바닥에 남아 있었다.

하지만 내가 새롭게 고흐와 만난 것은 민길호라는 화가가 쓴 특이한 자서전을 통해서였다. 그 책은 전기를 쓴 저자가 고흐 자신이 되어 자신의 이야기를 쓰고 있는 형식으로 이야기를 전개해나가고 있다. 책을 읽으면서 나는 문득 문득 그를 너무 사랑한 저자에게 그의 혼이 씌어 고흐가 자서전을 쓰고 있는 것 같은 착각이 들곤 했다.

그 책을 통해 나는 고흐의 그림 두 점을 새롭게 발견하였다. 석판화 〈슬픔Sorrow〉과 유화 〈탕기 영감〉이 그것이다. 그것들은 아무리 여러 번 보아도 질리지 않는다.

〈슬픔〉은 언제나 인생의 밑바닥에 깔려 있는 끈적끈적한 슬픔을 느끼게 한다. 추상적으로가 아니라 물리적으로 가슴에 통증이 느껴질 정도로 슬픔이 다가온다. 어떨 때는 고흐의 화집을 펼쳐놓고 그 그림만을 몇 십 분 동안 그저 넋놓고 바라보기도 한다.

고흐와 꽤 오래 같이 살았으나 결국 경제난으로 헤어질 수밖에 없었던 창녀 시엔이 석판화 속에 웅크리고 있다. 양 무릎 사이에 머리를 묻고 있는 그녀의 처진 가슴을 바라보노라면 삶이 무엇인지, 왜 인생이 슬픈 건지, 그러나 왜 인생이 아름다울 수밖에 없는지 조금은 알 것 같아진다.

반면 〈탕기 영감〉에서는 가슴속이 꽉 차오르도록 기쁨이 느껴진다. 그 노인의 얼굴을 가만히 보고 있으면 겨울 오후 시골 담장에 내리는 '햇볕' 과 마르고 따뜻한 '손' 그리고 '평화' 라는 낱말이 천천히 머릿속에 떠오른다. 마치 파라핀으로 글씨를 쓴 종이를 물에 띄웠을 때처럼 아주 천천히.

고흐의 그림을 언제나 사주었던 탕기 영감은 고흐에게는 은인이었을 것이다. 평범한 시골 할아버지처럼 생긴 그였지만 좋은 그림을 알아볼 줄 아는 심미안을 가진 당대의 뛰어난 화상畵商이었다.

내가 두 작품에 유독 몰입하는 것은 그 그림을 통해 슬픔과 기쁨이 씨실 날실처럼 직조된 인생을 널리서 바라볼 수 있기 때문인지도 모른다.

어쩌면 어린 시절에도 오빠 방에서 그 그림들을 보았을지 모른다. 하지만 그 때의 나에게 그것은 두려움으로서만 다가왔을 것이다. 그 그림을 이해하기에 나는 너무 어렸다. 반드시 나이를 먹어야만 무언가를 더 잘 이해하게 되는 것은 아니지만, 고흐의 그림 〈슬픔〉과 〈탕기 영감〉을 사랑하게 되려면 어느 정도는 세월이라는 것을 먹어야 하지 않을까 싶다. 내가 오래 전에 구상했던 〈슬픔Sorrow〉이라는 단편소설을 어느 정도 세월을 먹은 후에야 쓸 수 있었던 것도 어쩌면 같은 맥락일 것이다.

나는 고흐에 대한 책이 눈에 띄면 우선 사고 본다. 그리곤 그 두 그림을 찾아 찬찬히 바라본다. 책마다 종이의 질감이나 크기, 색상의 선명도나 밝기 등등에 따라 다르게 느껴지는 것이 재미있기 때문이다.

그림은 사람에 따라서 해석과 느낌이 다르겠지만, 나는 이 두 점의 그림에서 받는 위안이 무척 크다. 이런 그림과 만날 수 있었던 이번 생에 어찌 감사하지 않을 수 있단 말인가.

우리가 예술에서 찾아야 할 것은
사진과 같은 진실이 아니라
살아 있는 진실이다.

• 로댕 •
| *Auguste Rodin* 1840~1917 ; 프랑스의 조각가 |

●틱낫한 | *Thich Nhat Hanh* 1926~   ; 베트남 승려.
베트남 중부에서 태어나 열여섯 살에 승려가 되어 선불교에 입문하였다. 1960년대에 미국 프린스턴 대학과 컬럼비아 대학에서 유학하였으며, 비교종교학을 강의하였다. 전 미국을 순회강연하며 반전 평화 운동을 펼쳤다. 베트남 전쟁의 난민과 부상자를 돕기 위한 사회봉사청년학교 설립. 마틴 루터 킹 목사 추천으로 노벨평화상 후보로 지명되기도 하였다. 평화 지지로 인한 베트남 정부와의 대립으로 프랑스로 망명하였다. 1975년 파리 근교에 명상 공동체 스위트 포테이토 설립. 1982년 프랑스 남부 보르도 지방에 명상 공동체 플럼 빌리지 설립. 1990년대 미국 버몬트 주에 '단풍림 승원'과 '그린 마운틴 수행원'을 설립하였다.

상추를 심었는데
잘 자라지 않는다고 해서
상추를 비난하지는 않는다

상추를 심었는데 잘 자라지 않는다고 해서
상추를 비난하지는 않는다.
당신은 상추가 잘 자라지 않는
원인을 살펴 볼 것이다.
비료나 물을 더 주거나
빛을 조금 가려 줄 필요가 있었을지도 모른다.

• 틱낫한 •

어느 날 저녁 느닷없이 민호가 생각나 고등학생이 된 아들아이에게 물었다. 민호는 어느 학교 들어갔니? 뜻밖에 아들 대답은, 소년원에 있대. 순간 잠시 멍했다. 왜 그렇게 된 거야? 모르지, 초등학교 동창 애들이 그렇다니까 그런 줄 아는 거지.

저녁 내내 가슴이 쓰렸다. 마치 내 책임인 것만 같았다. 그게 어찌 내 책임이겠느냐마는 사실은 또 내 책임이 아니랄 수도 없었다.

민호는 아들아이와 초등학교 2학년 때 같은 반이었다. 2학년 때 이미 학교에서 누구도 손을 대지 못할 정도로 말썽을 부리는 아이였다. 2학년인데도 한글이나 숫자도 제대로 못 썼지만 싸움만은 언제나 일등이었다. 얼굴이나 팔다리엔 훈장처럼 상처를 달고 다녔다.

스승의 날 행사 중 하나로 학부모가 선생님을 대신하여 수업을 하는 시간이 주어졌다. 나는 글쓰기 지도를 해주면 좋겠다는 제의를 받았지만, 그림책을 읽어주고 책에서 받은 느낌을 그림으로 그리게 했다. 아이들 중에는 민호처럼 글로 의사표현을 제대로 할 수 없는 아이들도 있었기 때문이다.

주위가 산만해 집중을 못하던 민호가 귀를 쫑긋 세우는 듯 느껴진 것은 존 버닝햄의 그림책 『내 친구 커트니』를 몇 쪽 정도 읽었을 때였다. 나는 적잖이 놀라 중간중간 그애에게 눈을 맞추며 더 열심히 읽어주고 책을 들어 그림도 보여주었다.

아이들이 그린 독서감상화 중에서 민호의 그림이 단연 뛰어났다. 그림을 잘 그렸다기보다 자신이 받은 감동이 그대로 드러나 있었다. 나는 몇 권 준비해간 그 책 『내 친구 커트니』를 민호에게 상으로 주었다.

수업이 끝나 집으로 돌아오는데 교정을 가로질러 가는 민호의 모습이 보였다. 민호는 그림책에 코를 박고 들여다보며 걸어가느라 운동장의 돌부리에 걸려 넘어질 뻔하기도, 아이들에게 부딪칠 뻔하기도 했다. 나란히 걷던 아들아이가 말했다. 엄마, 민호가 저렇게 신나게 책 읽는 거 첨 봐. 쟨 공부 시간에 딴짓 한다고 만날 맞거나 벌만 서거든. 나는 민호가 내 시야에서 사라질 때까지 눈을 떼지 못했다.

며칠 후 나는 담임 선생님께 제의를 했다. 민호가 한글을 익힐 때까지만 내가 방과 후에 공부 가르쳐주면 안 되겠냐고. 어차피 우리 아이가 있으니 할애하는 시간은 마찬가지니까 할머니께 잘 말씀드려 달라고. 그러자 선생님은 안 그래도 방과 후에 나머지 공부를 시키려고 했더니 할머니가 다니는 교회의 공부방에 맡겨놓았으니 염려말라고 하더란다. 그래서 그 일은 흐지부지됐고 나는 차츰 민호를 잊었다.

엄마는 가출했고, 술 좋아하는 아버지는 어린 아들을 돌보지 않아 늙은 할머니가 교회의 힘을 빌려 아이 지도를 하고 있었지만 역부족이었는지 아이는 점점 더 비뚤어졌다.

나는 그때 『내 친구 커트니』의 책장이 뚫어질 듯이 읽던 민호를 잊지 못한다. 그때 만약 우리가 함께하는 시간이 주어졌더라면, 그래서 민호가 더 많은 그림책을 읽을 수 있었더라면 결과는 지금과 좀 다르지 않았을까. 흔한 말로 그것은 어린 민호가 져야 할 책임이 아니라 우리 어른 모두의 책임이기 때문이다. 최소한 우리 아이가 누린 그림책의 혜택만이라도 민호와 함께 나눌 수 있었다면 하는 아쉬움이 너무나 크다. 아니, 아들을 키우고 있는 나에게 그것은 일종의 죄책감으로 남아 두고두고 나를 괴롭힐 것이다.

십대 후반에 들어선 민호에게 『내 친구 커트니』를 다시 보여준다면 그애는 기억이나 할까. 어쩌면 나보다 더 또렷하게 기억하고 있을지도 모른다. 처음에는 뭐 이리 시시한 걸 읽으라는 거야? 할지도 모르지만, 의외로 그애는 그때처럼 코를 박고 읽어줄지도 모른다.

교사의 중요한 사명은
모든 의미를 밝혀 주는 데 있는 것이 아니고
정신의 문을 두드려 주는 것이다.

• 타고르 •
| *Devendranath Tagore* 1817~1905 ; 근대 인도의 철학자 |

● **톨스토이** | *Lev Nikolayevich Graf Tolstoy* 1828~1910; 러시아의 작가 · 개혁가 · 도덕사상가.

뛰어난 해학과 풍자를 담은 시와 진지한 시, 역사적 주제를 다룬 장편소설과 드라마를 썼다. 서정시인으로서 매우 다양한 양식과 정서의 소유자였던 그는 사랑과 자연에 관한 시뿐만 아니라, 다마스쿠스의 성 요한네스의 죽음을 위한 기도를 매우 효과적으로 인용한 〈다마스쿠스의 요한네스〉를 남겼다. 대부분의 그의 시는 차이코프스키 · 무소르크스키 · 림스키코르사코프 등 여러 작곡가들에 의해 곡이 붙여지기도 했다.

신에게는 큰 것도 없고
작은 것도 없다

신에게는 큰 것도 없고 작은 것도 없다.
인생에 있어서도
큰 것이 있는 것도 아니며
작은 것이 있는 것이 아니다.
다만 있다면 곧은 것과 굽은 것이 있을 뿐이다.

· 톨스토이 ·

교보문고에서 나와 5호선 전철역 쪽으로 몇 계단 내려서
는데 낭랑한 목소리의 노래가 들려왔다. 봄의 교향악이 울려 퍼지는
청라언덕 위에 물새 뜰 적에~ 하는, 어릴 적에 언니랑 자주 불렀던
노래였다. 반가운 마음에 누군가 하고 주위를 두리번거렸다. 종종걸
음으로 계단을 오르고 내리는 사람만 있을 뿐 그 노래를 부를 만한
사람은 없었다. 나는 구걸하는 할머니의 바구니에 천 원짜리 지폐
하나를 내려놓으면서 설마 하는 마음으로 물어보았다.

"혹시… 할머니가 노래 부르셨어요?"

할머니가 멋쩍게 웃으며 고개를 끄덕거렸다.

"자꾸 잠이 와서 잠 깨려고……."

"세상에나. 할머니가 그 노랠 부르셨다구요? 제가 정말 좋아하는
노래거든요."

터져나오는 감탄사를 주체할 수 없었다. 정말 목소리가 낭랑했고
가사를 잘 알아들을 수 있을 만큼 정확했기 때문이다. 할머니가 한

70

많은 대동강이나 찬송가를 불렀다면 나는 그냥 지나쳤을 것이다. 하지만 내가 무척이나 좋아하는 〈봄의 교향악〉이었던 것이다. 더구나 늘 미안한 듯 고개를 반쯤 숙이고 앉아 고맙습니다, 만 하던 그 할머니가 그렇게 우렁차게(?) 아름다운 노래를 불렀다고 생각하니 머릿속이 쉽게 정리가 안 됐지만, 뭐라 말할 수 없이 고마웠다.

"할머니, 저를 위해 한 번 더 불러주실 수 있으세요?"

"그러지 뭐."

할머니가 노래를 부르기 시작했다. 교회 성가대에 서도 손색이 없을 만큼 고운 목소리에다 고음도 무리 없이 올라가고 바이브레이션까지 기가 막혔다. 중간부터 나도 따라 불렀다. 눈을 지그시 감고 온몸을 움직여 열심히 부르시는 할머니를 꼼짝없이 내려다보며.

…나는 흰 나리꽃 향내 맡으며 너를 위해 노래, 노래 부른다. 청라언덕과 같은 내 맘에 백합 같은 내 동무야. 네가 내게서 피어날 적에 모든 슬픔이 사라진다~

마지막 한 소절은 나는 언니와 내가 늘 그렇게 했듯 화음까지 넣어 불렀다. 모든 슬픔이 사~라~진~다.

우리는 완벽한 듀엣 공연을 마치고 잠시 말없이 마주보았다. 할머니가 웃었다. 나도 웃었다. 물론 박수 소리는 없었다. 계단을 오르내

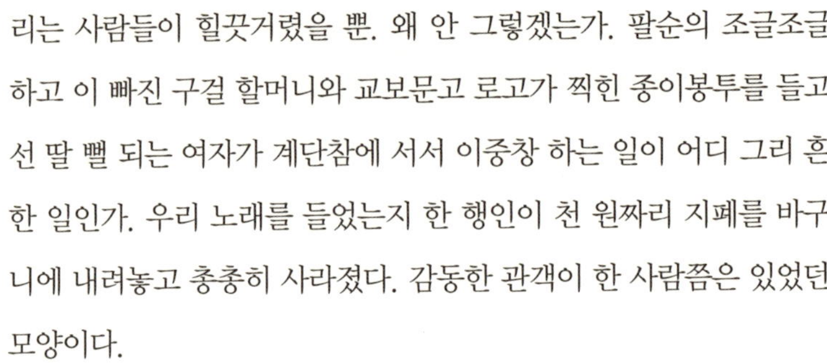

리는 사람들이 힐끗거렸을 뿐. 왜 안 그렇겠는가. 팔순의 조글조글하고 이 빠진 구걸 할머니와 교보문고 로고가 찍힌 종이봉투를 들고 선 딸 뻘 되는 여자가 계단참에 서서 이중창 하는 일이 어디 그리 흔한 일인가. 우리 노래를 들었는지 한 행인이 천 원짜리 지폐를 바구니에 내려놓고 총총히 사라졌다. 감동한 관객이 한 사람쯤은 있었던 모양이다.

할머니께 물어보았더니, 오래 전에 간암으로 앓던 며느리가 어린 아들 하나 두고 세상을 떠났을 때(할머니는 그걸 '내가 며느리를 죽이고'라고 표현했다) 치매에 걸려 말도 못했는데, 병원에서 그림도 가르쳐주고 노래도 가르쳐주어서 8년 만에 살아났다고 했다. 그림을 그린 수첩을 보여주는데 소나무며 지나가는 여자들 모습이며 놀라운 솜씨였다.

할머니와의 인연은 1년 전쯤에 시작되었다. 교보문고에 갔다가 5호선 전철을 타러 가는데 계단 입구에 바구니 하나를 앞에 두고 구걸하는 할머니가 앉아 있었다. 안쓰러운 마음에 천 원짜리 한 장을 내려놓고 그냥 바쁘게 지나갔다. 그러다가 몇 달 후 멈춰 서서 자초지종을 물었다. 아들 하나 있는 건 소식도 없고, 어린 손자는 병이 들어 시골에 있다는 것, 그래도 살아야겠기에 껌도 팔고 다 해봤지만 힘에 부쳐 구걸로 연명한다는 것. 나는 그 할머니를 볼 때마다 돌아가신 엄마 생각이 나서 매번 천 원씩이라도 드리기로 했다.

한동안 할머니가 안 보이면 몸져누우신 건 아닌지, 돌아가신 건 아닌지 걱정이 되기도 했는데 얼마 지나면 또 모습을 드러내곤 했다. 추울 땐 혈압이 높아 나올 수가 없었어. 신장 때문에 피를 걸러냈어. 등등의 나오지 못한 이유를 얘기하며 이가 빠져 우묵한 입으로 할머니는 쌕 웃으셨다.

언젠가 한번은 천 원짜리를 낸다는 게 오천 원짜리 지폐가 잘못 나와 바구니에 놓였다. 순간 나는 그게 아닌데 싶었지만 그렇다고 바꿔 넣을 수도 없고 하여, 할 수 없지, 생각하고 지나는데 뒤에서 할머니가 부르는 소리가 났다.

아가씨, 아가씨. 잠깐만 봐요.

돌아보니 할머니가 손짓을 한다. 나라는 걸 알아보고는 예의 그 웃음을 웃으며 연신 손짓을 한다. 왜요, 할머니?

다가간 나에게 할머니는 아무 말도 없이 손을 끌어당겨 잡더니 당신 볼에 가볍게 비비셨다. 우는 것처럼 웃는 것처럼 온 얼굴에 주름을 가득 지우고서. 우리 엄마가 가끔 나에게 하는 것과 같았다. 내가 용돈을 드리거나 하면 엄마는 말없이 내 손을 잡고 당신 볼에 대고 몇 번인가 비비곤 하셨다. 울컥, 가슴에서 뜨거운 것이 치밀었다. 잘못 나온 오천 원짜리가 그 날 내 가슴에 그 몇 배의 기쁨을 주었다.

이제는 할머니를 지날 때 가끔 나는 할머니 앞에 쪼그리고 앉아 〈봄의 교향악〉을 청할 것이며, 그러면 나는 적선으로서가 아니라 관

람료를 지불하는 기분으로 할머니 바구니에 천 원짜리 지폐를 내려
놓을 것이다. 오늘처럼 함께 불러도 좋다. 어린 시절 쓸쓸할 때면 내
입에서 자연스럽게 흘러나오던 노래였으니만큼 얼마든지 자신 있게
부를 수 있다.

할머니와 헤어지고 나서도 오늘 나는 벌써 몇 번이나 그 노래를
부르는지 모른다.

…너를 위해 노래, 노래 부른다. 청라언덕과 같은 내 맘에 백
합 같은 내 동무야. 네가 내게서 피어날 적에 모든 슬픔이 사라
진다~

* 그 얼마 후부터 할머니의 모습이 보이지 않았다. 그 날 불러주신 노래가 처음이
자 마지막이 아니기를 간절히 빌어본다.

사람의 얼굴은 하나의 풍경이다.
한 권의 책이다.
결코 거짓말을 하지 않는다.

• 발자크 •
| *Honore de Balzac* 1799~1850 ; 프랑스의 소설가 |

한 알의 모래에서 세계를 보고, 한 송이 들꽃에서 천국을 본다

머리 위에는 별이 반짝이는 하늘

인간이 이 세상에 존재하는 것은

아름다운 경치나 나무들은 나를 가르치지 않는다

꿈을 갖는 일이 얼마나 아름다운 것인지

평탄한 길에서도 넘어지는 수가 있다

우정은 천천히 자라는 나무와 같다

물고기는 물 속을 헤엄치되 물을 잊어버리고

세상에는 단 하나의 마술

2 우정은
천천히 자라는
나무와 같다

● 윌리엄 블레이크 | *William Blake* 1757~1827; 영국의 시인·화가·판화가·신비주의자..

〈순수의 노래〉, 〈경험의 노래〉를 필두로 삽화를 그려 넣은 일련의 서정시와 서사시는 서유럽 문화전통에서 매우 독창적·독자적인 작품들이다. 오늘날에는 최초이자 가장 위대한 낭만주의 시인 가운데 한 사람으로 꼽힌다. 그러나 당시 독자들에게는 무시당했으며, 외곬이고 비세속적이라는 이유로 미치광이라 불렸다. 이러한 까닭에 그는 가난하게 살다가 무관심 속에 죽었다.

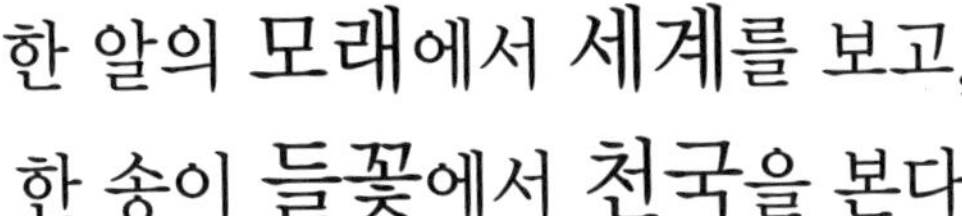

한 알의 모래에서 세계를 보고,
한 송이 들꽃에서 천국을 본다

한 알의 모래에서 세계를 보고,
한 송이 들꽃에서 천국을 본다.
한 손 안에 무한을 담고,
한 순간 속에 영원을 담는다.

• 윌리엄 블레이크 •

강원도 원주시 봉산동 야트막한 언덕에는 천주교 묘지가 있다.

초봄이었다. 아직 녹지 않은 눈이 나지막한 봉분들 위로 쌓여 있고, 어느 묘지 앞에 시인의 발길이 멈춰졌다. 시인은 한동안 그 앞을 떠날 수가 없었다. 흰눈 속에서 보라색 제비꽃들이 뾰족뾰족 고개를 내밀고 있었다.

묘비에는 '신학생 여성하 스테파노' 라 씌어 있었다.

영혼과 제비꽃.

시인은 신학생을 위해 시 한편을 지었다.

　　제비꽃이 핀 언덕에

　　제비꽃이 핀 언덕에
　　햇볕 따스히 모일 때

제비꽃 맑은 이슬에 어머니 눈빛이 맴도네

다소곳 크지 않은 무덤

비켜간 세월도 누워

하늘로 바치는 제비꽃

하늘이 언덕에 내리네

제비꽃이 핀 언덕에

바람 얌전히 고울 때

제비꽃 가는 손목에

어머니 목소리 감기네

이 시를 지은 분은 유경환 님이다.

이 시는 가수이자 작곡가인 김정식 씨에 의해 노래로 만들어져 불려지기 시작했다.

신학생은 그때 지학순 주교와 많은 신부님에게 끔찍이도 사랑을 받았다.

그 해 광주사태로 인해 대학들은 여름 방학을 앞당겼고, 서울 혜화동의 신학대학도 조기 방학에 들어갔다. 때문에 원주 집에 내려와 있던 신학생은 교회 학생부를 이끌고 간현 유원지로 수련회를 갔다.

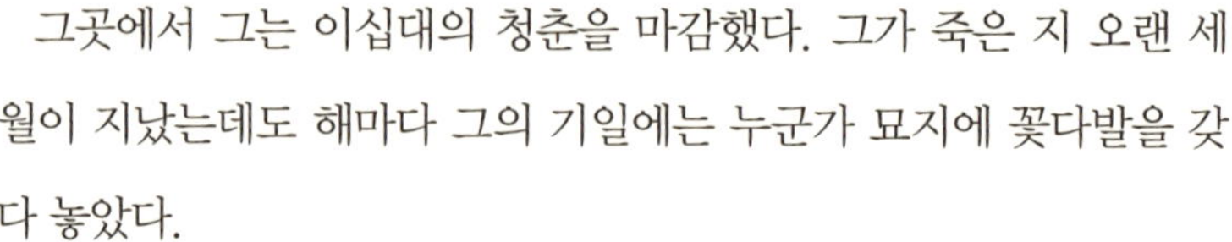

그곳에서 그는 이십대의 청춘을 마감했다. 그가 죽은 지 오랜 세월이 지났는데도 해마다 그의 기일에는 누군가 묘지에 꽃다발을 갖다 놓았다.

그의 사후, 기숙사에서 부쳐온 아들의 빨래를 밤새워 하는 어머니에게 하느님의 꽃밭을 가꾸고 있다며 나타났다는 아들의 환시는 아들이 천국에 있다는 어머니의 믿음을 더욱 굳게 해주고 있다. 어쩌면 그는 하느님의 정원을 가꾸는 영혼이 되었는지도 모를 일이다.

어느 안개비가 내리던 날 묘지를 찾은 가족의 눈에 〈제비꽃이 핀 언덕에〉 라는 악보가 비에 젖은 채 비석 위에 올려져 있었다. 그의 누나는 이상하다며 들고 왔고 얼마 뒤 어느 수녀가 임지로 떠나면서 전해준 테이프와 악보로 인해 가족들은 그 이유를 알 수 있었다. 아직도 그를 기억하는 사람이 있다는 것에 가족들은 놀랐다.

세월도 바람도 비켜가 누운 무덤에는 잔디만이 푸르다. 그에 관한 기억은 노래로 남아 바람처럼 이승을 떠다닌다. 이제 꽃묶음을 갖다 놓는 사람은 없지만 제비꽃 노래는 청소년 성가나 복음 성가로 불려지고 있다.

묘지의 봉분은 세월에 부대끼며 더욱 낮아져 야트막해졌다. 이른 봄이면 보라색 제비꽃이 바람에 흔들리며 삶과 죽음을 뛰어넘어 피어나고 있다.

'신은 초인종을 누르지 않고 들어온다'는 말이 있다.
그 뜻은 우리들과 영원과의 사이에는 장벽이 없다는 것,
즉 인간의 인과는 영원히 연결되어 있다는 것이다.

• 에머슨 •

| *Ralph Waldo Emerson* 1803~1882 ; 마국위 시인, 수필가 |

● 칸트 | *Immanuel Kant* 1724~1804; 독일의 계몽주의 사상가.
철학사를 통틀어 가장 위대한 철학자 중 한 사람이다. 이마누엘 칸트는
르네 데카르트에서 시작된 합리론과 프랜시스 베이컨에서 시작된 경험론
을 종합했다. 그는 철학적 사유의 새로운 한 시대를 열었다. 인식론 · 윤리
학 · 미학에 걸친 종합적 · 체계적인 작업은 뒤에 생겨난 철학들에 큰 영
향을 주었다.

머리 위에는
별이 반짝이는 하늘

머리 위에는
별이 반짝이는 하늘,
내 마음에는
흠 없는 도덕

· 칸트 ·

어느 해 여름 저물녘, 산책을 하다가 성당 안으로 발길을 돌렸다. 성당은 우리 집과 담 하나를 사이에 두고 있었다. 정원에는 희거나 보랏빛의 여름꽃들이 무더기로 피어 있었다. 꽃들을 들여다보고 있는데 어디선가 날카로운 외침이 들려왔다. 조 할머니 목소리였다.

고개를 돌려보니 조 할머니가 어떤 청년을 붙잡고 소리를 지르고 있었다.

"이, 이게 뭐하는 짓이야, 거기 무슨 돈이 있다고 들어가, 들어가길!"

청년은 약간 취한 것 같았다. 청년과 할머니가 옥신각신 하고 있는데 K신부님이 안에서 나왔다. 나는 그 순간 파출소를 떠올렸다. 성당 정문에서 파출소는 코앞이었다.

신부님을 보자 청년이 고개를 푹 숙이더니 땅바닥에 무릎을 꿇었다. 조 할머니는 흥분을 가라앉히지 못해 떨리는 목소리로 신부님에게 자초지종을 설명했다. 동기간도 아닌 신부님들의 뒷바라지에 결혼도 안하고 평생 동정녀로 늙어버린 조 할머니는 구부정한 허리에 머리카락이 희끗희끗했다.

"죄송합니다. 잘못했습니다. 고향에 갈 여비가 없어서 그만."

청년은 태도를 바꿔 용서를 구했다.

신부님은 잠시 청년을 물끄러미 내려다보다가 주머니를 뒤적거렸다. 만 원짜리 지폐 몇 장을 꺼내더니 청년의 손에 쥐어주며 일으켜 세웠다. 여비 해서 고향으로 돌아가라고.

청년은 몇 번이고 고맙다고 인사를 하더니 바람과 같이 사라졌다.

신부님은 신문사의 정치부 기자 출신이었다. 사제에 뜻이 있어 호주의 시드니에서 신학을 공부한 후 신부神父가 된 분이다. 그 분은 우리 가족을 무척 아껴주셨다.

신부님은 그 후 미국에서 교포 사목을 하다가 작년에 귀국해서 원주의 어느 성당에 계신다. 신문을 통해서 신부님 소식을 듣고는 연락을 했다. 그러자 곧바로 전화가 왔다. 오랜 시간이 지났음에도 신부님은 우리 가족의 이름을 잊지 않고 불러주며 안부를 물었다. 심지어 내 여동생 안부까지도.

한번은 신부님과 부제님을 따라 암자로 소풍을 갔다. 〈적조암〉이라는 암자는 8부 능선쯤 자리 잡았는데 암자에는 비구 스님이 혼자 기거하고 있었다. 신부님과 부제님이 암자에 갈 때는 꼭 먹을 것을

지고 가는데, 그 절이 너무 높은 곳에 위치해 있어서 식량조달이 힘들 거라는 배려에서였다.

사람들이 산에 왔다가 먹을 것을 놓고 가거나 일부러 쌀을 짊어지고 오기도 한다고 했다. 어느 해는 눈길에 미끄러져서 허리를 다쳤는데 3개월을 꼼짝도 못하고 누워 지냈다고 했다.

"성당 사람들 덕분에 제가 먹고 살아요."

스님이 농담 반 진담 반 말하며 웃었다.

해발 800미터 정도 되는 높이의 산은 여름에도 선선해서 모기가 없었다. 부엌 아궁이는 푹 들어가 있어서 깊었고 서까래가 훤히 보이는 건물은 위태로워보였다. 겨울이 닥치면 워낙 추워서 온돌을 놓은 아궁이는 시커먼 굴뚝같았다. 집 안팎으로 벽면에는 장작이 쌓여 있었다. 아마도 그 스님은 여름 내내 그리고 가을까지 장작을 패서 겨울을 준비하는 것 같았다.

신문에서 외국인 근로자들을 위한 잔치 한 마당에 관한 기사를 읽었다. 그 잔치를 주관한 사람은 바로 K신부님이었다. 언젠가 다시 한 번 가족과 함께 신부님을 뵈러 갈 것이다. 그때처럼 함께 적조암까지 산행을 할 수 있으면 좋겠다. 신부님은 그때 그 도둑 사건을 기억이나 하실는지.

운 적이 없는 젊은이는 야만인이며
웃으려 하지 않는 노인은 바보이다.

• 조지 산타야나 •
| *George Santayana* 1863~1952 ; 스페인 태생의 미국 철학자 |

● 스탕달 | *Stendhal* 1783~1842: 프랑스의 소설가.
그의 작품은 심리적 · 정치적 통찰로 유명하다. 스탕달의 전기작가들은 그의 성격과 그가 종사한 직업의 다양한 측면을 묘사하면서, 끊임없이 '실패'라는 낱말을 사용했다. 그는 연인으로도 실패했고, 군인으로도 실패했으며, 작가라는 천직에서도 실패했다. 그러나 오늘날에는 거의 모든 비평가들이 그를 발자크 · 플로베르와 더불어 19세기 프랑스의 가장 중요한 작가로 인정하고 있다. 그는 '행복한 소수'는 인습에 얽매이지 않은 사람, 비굴함 속에서는 행복을 찾지 못하는 사람, 감각과 본능이 이끄는 대로 따라가는 사람들이다. 대표작은 〈적과 흑〉, 〈파름의 수도원〉이다.

인간이 이 세상에
존재하는 것은

인간이 이 세상에 존재하는 것은
부자가 되기 위해서가 아니라
행복하기 위해서이다.

• 스탕달 •

진은 다니던 대학을 2년 마치고 군대에 갔다. 어머니를 여의고 곧 군 입대를 한 진은 가족들의 걱정과 달리 의외로 잘 적응했다.

봄날, 산자락에 핀 진달래꽃 이야기며, 연병장 주변에 핀 아카시아 꽃향기에 취해 시를 끼적거린다며 가끔 낭만적인 편지를 보내오곤 하였다. 도보 행군을 할 때도 시골 농가의 풍경이나 밭에 자라는 곡식이 반갑고 경이롭다며 써서 보내곤 하였다.

그가 보내오는 소식 중에는 특히 한 겨울, 눈과 관련된 이야기가 많았다. 겨울 내내 눈을 치운 이야기, 하룻밤 자고 나면 없던 산이 새로 생겼다는 등 약간은 과장된 표현을 하기도 하였다.

어느새 진은 소대에서 고참이 되었다. 내무반에서 취침 점호를 할 때 때때로 복장이 단정하지 않거나 낮에 훈련 결과가 좋지 않았을 경우에는 계급별로 차례로 지적을 받거나 얼차려를 받았다.

취침 점호 시간, 한 차례 지적을 받은 후 신병들은 군기가 바짝 잡혀 있었다.

그때 고참 진이 부시럭거리며 메모지를 펼쳐들었다. 그리고는 천천히 읽어가기 시작했다.

소녀와 편지

가을이 반쯤 걸어 들어 간
소양호 변
청평사 뒤뜰에서
한 소녀가 긴 편지를 씁니다.

그 모습이 하도 예뻐
저녁 산 그림자 옷자락을 꼭 잡은
늦은 뜨락에서
돌탑 하나 지어 놓고
머뭇거리다가 –
호주머니 속
며칠째 꿰매지 못한 단추 하나
만지작거리다가 –

시간이 멈추어 서성이는 그 자리
어디선가

마른 나뭇가지 부러지는 소리를 들으며

되돌아옵니다.

　그러자 일순간 내무반 분위기는 숙연해졌고 병사들의 표정은 잠시 뭔가를 생각하는 듯했다. 군대와 시라니…… 그들은 조금 전의 그 팽팽한 긴장의 순간을 잠시 잊은 듯했다.

　아무래도 군대란 문화와 환경이 다른 청년들이 모여 공동체 생활을 하는 곳이라 긴장감이 따르기 마련이다. 그런데 진이 읽어주는 시 한 편 한 편은 내무반 분위기를 바꾸어주었다. 후임병들이 선임병을 대하는 태도도 달라졌다. 그러자 모든 일에 있어서 지적받는 일도 줄어들고 분위기는 화기애애해졌다.

　그때 갓 입대한 국문과 출신의 신병이 군대에서 시를 듣게 될 줄 몰랐다며 감격해 했다. 시를 한 편씩 읽어주면서 간간이 진은 자신의 자작시를 읊기도 했다.

　그는 대학 재학 중에 김유정 문학상에 입상한 적이 있는 문학청년이었다. 대학 생활 내내 전공인 경영학보다는 동양고전이나 인문학에 관심을 보였다. 그러나 원래 그가 하고 싶었던 일은 미대에 가서 그리고 싶은 그림을 마음껏 그리는 일이었다. 농사를 짓는 그의 부모 입장에서는 좀 더 실용적인 분야를 원했고, 그는 결국 부모의 바람을 저버리지 못했다.

고된 훈련과 규칙 속에 사는 사병들에게 그가 읽어준 한 편 한 편의 시들은 마음에 큰 위안을 주었으리라 짐작한다. 그가 제대하면서 가져온 앨범에는 같은 내무반 장병들이 시에 관한 소회를 남긴 게 유독 눈에 많이 띄었다.

제대 후 학교에 복학한 후 진은 더 이상 시를 쓰지 않았다. 그 후로도 쭉 그가 시를 쓴다는 소리를 듣지 못했다.

대학 졸업 후 그는 제2금융권에 취직이 되었다. 신입사원 연수 성적은 수석이었고, 그는 서울로 발령이 났다. 하지만 그가 원한 것은 서울 발령이 아닌 강이 있는 지방 도시였다. 그는 고등학교와 대학 시절을 보낸 호수마을을 사랑했다. 주말이면 강에 낚시를 드리우고 시를 쓰며 살고 싶던 그의 바람은 서울로 발령이 나면서 깨어졌다. 남들은 일부러라도 서울로 가고 싶어 하는데 그는 자신의 인생 계획이 틀어졌다고 생각했다. 3개월 정도 지난 후 진은 사표를 내고 그가 그토록 원하던 강이 있는 지방 도시로 내려갔다.

그는 포장마차를 시작했다. 그의 찌개 솜씨는 괜찮았다. 새벽시장을 봐다가 꽁치 구이, 곰장어 구이, 각종 찌개 요리를 하던 그는 어느 날 홀연히 낡은 지프차 한 대를 사서 남한 일주를 시작했다. 그리고 얼마 후 그는 싱가포르로 취업이 되어 나갔다. 그가 하는 일은 준설선 작업, 그의 말을 빌리면 노가다였다. 그렇게 그는 온몸으로 세상을 살아냈다.

일 년 전 그는 소설 쓰는 여자와 결혼했다. 여자 나이 38세, 진의 나이 37세였다. 현재 이들은 아이가 없이 서로를 아이처럼 맑은 눈으로 바라보며 살고 있다. 진은 지금 시를 쓰지 않지만, 그들이 사는 모습이 바로 한 편의 시다. 또는 사람의 눈에 띄지 않는 곳에 피어서도 자신의 일생을 충실히 살아내는 자잘한 들꽃 같기도 하다고 나는 문득 생각한다.

영어의 행복이란 단어〈happiness〉는
본시 옳은 일이 자신에게 일어난다는 〈happen〉에서 나온 말이다.
〈행복〉이란 글자가 가진 뜻과 같이
그것은 그 사람의 올바른 성과인 것이며
우연히 외부에서 찾아온 운명의 힘은 아닌 것이다.

• 칼 메닝거 •
| *Karl A. Menninger* 1893~1990 ; 미국의 의사 |

● 소크라테스 | *Socrates* B.C. 470경~B.C. 399; 고대 그리스의 철학자. BC 5세기 후반에 활동했으며 서구문화의 철학적 기초를 마련한 고대 그리스의 위대한 세 인물인 소크라테스, 플라톤·아리스토텔레스 가운데서 첫째 인물이다. 키케로가 말했듯이 그는 '철학을 하늘에서 땅으로 끌어내렸다' 즉 소크라테스는 이오니아와 이탈리아 우주론자들의 자연에 관한 사변에서 인간생활의 성격과 행위를 분석하는 데로 철학의 초점을 옮겼다. 그는 도덕적 가치가 침식된 펠로폰네소스 전쟁의 혼란기에 살면서 '너 자신을 알라' 는 충고와 도덕적 용어의 의미에 대한 연구를 통해 윤리생활을 뒷받침해야 한다는 소명을 느꼈다.

아름다운 경치나 나무들은 나를 가르치지 않는다

아름다운 경치나 나무들은
나를 가르치지 않는다.
도리어 거리의 인간이 나를 가르친다.

• 소크라테스 •

저 멀리서 햇빛에 반짝이는 검은 선글라스가 보이면 영락없이 그 할아버지다. 이상하게도 외출할 때마다 선글라스 할아버지를 만나는데 갈색 베레모를 삐딱하게 쓰고 꼿꼿하게 걸어오는 자태가 퇴역한 배우 같아 보인다.

어쩌면 저 노인은 배우가 되고 싶어 했거나, 아님 영원한 엑스트라였는지 몰라.

나도 모르게 혼잣말을 중얼거렸다.

선글라스 노인은 비가 오거나 흐린 날뿐 아니라 밤에도 선글라스를 끼고 베레모를 쓴다. 그래서 자주 부딪치기는 했어도 아직 제대로 얼굴을 본 적이 없다.

경비 아저씨에게 물어봤더니 잘 모르겠다고 한다. 선글라스 노인에 대한 생각은 잠시 잊고 지냈다.

어느 햇볕 좋은 날, 드디어 선글라스 노인과 딱 맞닥뜨렸다.

"안녕하세요?"

“누구, 시더라?”

“예… 요 이웃에 살아요.”

“근데, 나한테 볼일이 있으신가?”

“그게, 뭐 딱히…….”

내가 안절부절 못하자 노인은 빙긋 웃었다. 그 순간 검은 선글라스가 햇빛에 반짝, 빛났다. 마치 노인의 눈이 반짝, 빛난 게 아닌가 착각이 들 정도였다.

“해가 쨍쨍 나서 꽃들이 타죽을 것만 같아서 말이지.”

그러고 보니 노인의 손에는 꽃삽과 노란 봉투가 들려 있다.

“아, 네… 꽃씨 심으셨어요?”

“늙은이가 놀면 뭐 하나, 이런 거라도 해야지.”

“뭘 심으셨는데요?”

“봉숭아, 과꽃, 맨드라미, 백일홍, 분꽃… 이런 종류지 뭐.”

간단하게 이야기를 주고받고는 곧 헤어졌다. 노인은 손을 번쩍 들어 한 번 흔들어주고 가버렸다.

늘 고층 아파트에서만 살다가 단독주택이 밀집한 동네로 이사한 후 지금까지 느끼지 못하고 살아온 부분이 있다. 사람들이 아주 작은 공간이라도 그냥 안 둔다는 점이다. 구석진 골목의 끝자락이나 담장 밑, 시멘트로 포장이 되지 않은 맨땅은 비록 손바닥만 해도 고추나 상추 들깨 등의 식물이 자라고 있었다. 긴 막대기를 세워서 오이나 호박이 줄을 타게 만든 곳도 있다. 주인 없는 맨땅에는 샐비어나 칸나, 과꽃 백일홍 같은 꽃들이 자라고 있었는데 그것은 모두 누군가의 손길이 닿은 흔적이 보였다.

그 노인은 삶이 비록 남루하고 인생이 나에게 관대하지 않더라도 살아 있는 한 계속 꿈을 꾸는 사람 같다. 남이 알든 모르든 묵묵히 꽃씨를 심는 노인의 드러나지 않는 작은 몸짓은, 누추한 현실이라도 스스로를 존중해서 함부로 살지 않겠다는 다짐처럼 보이기도 한다. 한평생 큰 물고기를 낚기 위해 긴 기다림의 시간을 견딘 헤밍웨이 소설 〈노인과 바다〉에 나오는 남자처럼. 그렇게 자신을 함부로 팽개치지 않는 것이야말로 삶에 대한 최소한의 예의가 아닐까 생각하게 된다.

선글라스 노인을 만난 후, 나는 우리 집 근처 후미진 곳에서 피는 모든 꽃들이 다 그 노인이 남 모르게 뿌려 논 꽃씨들의 결실인 것만 같아 일부러 발걸음을 멈추고 한 번 더 들여다본다.

우리 동네의 조경에 한 몫을 하는 또 한 사람이 있다. 나는 그 아줌마를 나리꽃 여자라 부른다. 그녀를 처음 만난 것은 작년 봄이다. 새로 이사를 하고 나서 물건을 대충 정리하고 한숨을 돌리는데 베란다 밖으로 모자를 덮어쓴 여자가 보였다. 나이는 어림짐작으로 오십 중반은 넘어보였고 이순의 나이에 다다른 정도로 느껴졌다. 창턱에 바짝 다가가 내다봤더니 어린 나무를 뽑아내며 땅을 개간하고 있었다. 원래는 한 평이 채 안 되는 파밭이 있었다. 그런데 여자는 파밭 옆으로 계속 땅을 늘려가는 중이었다. 나는 속으로 무척 부지런한 사람인가보다 하고 그냥 넘겼다.

보름이 지나고 한 달쯤 지나자 어느새 한 평 땅은 오십여 평 크기로 늘어나 있었다.

"아줌마, 어디까지 개간할 거예요? 우리 집 앞으로는 오지 마세요."

"아카시아 나무는 못쓰는 데 이거 다 없애버려야 돼요."

"그래도 이쪽까진 오지 마세요."

그렇게 당부는 해놨지만 불안했다. 내 예감은 적중했다. 안방이 보이는 곳을 지나 거의 거실 앞까지 땅 면적을 넓혀 놓은 것이다.

내가 심각하게 이 일을 받아들이는 것은 다 이유가 있었다. 산자락에 바짝 기대어 지은 건물은 숲과 베란다와의 사이가 불과 십여 미터도 안 되는 거리였다. 컴퓨터 작업은 거실 유리문에 바짝 붙여 놓은 책상 앞에서 하므로 항상 시선이 앞 숲에 가 있을 수밖에 없었다. 더구나 여름에는 짧은 반바지나 속바지 차림으로 왔다 갔다 하는데 어찌 신경이 쓰이지 않겠는가.

다행히 여자는 옆으로 땅 면적 넓히는 것을 포기한 대신 산자락 중심으로 깊이 파들어갔다. 결국 손바닥만 하던 밭떼기는 눈 깜짝할 사이에 칠팔십 여 평으로 늘어났다. 제대로 재어본다면 어쩌면 백 평이 될 것도 같았다.

올 봄에 보니 작년에 비해 식물의 종류가 훨씬 늘어나서 고추, 얼갈이배추, 무, 호박, 쑥갓, 상추 등 온갖 채소가 자라더니 이젠 낮은 담에 막대기를 세워 오이랑 호박 덩굴이 뻗어가고 있었다. 이젠 대대적으로 농사를 하려나보다 생각하며 그냥 있었다.

그런데 바로 내 눈앞에 불그스레한 빛을 띤 황금빛 나리꽃들이 서너 평 땅에 무더기무더기 피어서 흔들리는 중이었다. 그 옆에는 흰 꽃과 보라색 꽃도 있었다. 며칠 전만 해도 그냥 녹색의 식물군락이라는 생각 외에는 들지 않아서 무심하게 보아 넘겼다. 그래서 그것이 꽃인 줄은 상상도 못했다. 악착스럽게 호미질을 하며 채소만 가꾸려니 했는데, 생각지도 않은 한 아름 나리꽃 선물이라니. 고맙기도 미안하기도 했다.

다시 만나면 나는 아무 말 않고 그저 미소를 보낼 것이다. 나리꽃 여자가 무슨 일인가 하고 멀뚱멀뚱 바라본다면 나는 마음속으로만 말하리라. 당신이 보내준 황금빛 나리꽃 선물은 정말 아름다웠다고.

지극히 작은 것에 충성하는 자는
큰 것에도 충성하고,
지극히 작은 일에 불의한 자는
큰 것에도 불의하느니라.

• 성서 •
| *Bible*; 聖書 |

● 엘러너 루스벨트 | *Anna Eleanor Roosevelt* 1884~1962; 박애주
의자. 프랭클린 루스벨트 대통령의 부인.
시어도어 루스벨트 대통령의 조카딸로, 영국에서 수학한 뒤 전통적인 동
부 지역사회로 돌아와 1905년 먼 사촌인 프랭클린과 결혼했다. 1921년부
터는 소아마비로 고생하는 남편을 도우며 그에게 활력을 불어넣어주었다.
12년 동안 대통령 부인(1933~45)으로서의 유례없는 폭넓은 활동과 자유
주의에 대한 예찬으로 그녀는 거의 남편만큼이나 논쟁을 불러일으키는
인물이 되었다. 또 최초로 여성특파원을 위한 백악관 정기 기자회견을 제
도화한 장본인이기도 하다. 정력적인 여행가인 그녀는 세계를 여러 차례
돌면서 많은 나라를 방문하고 세계지도자의 대부분을 만났다. 그녀의 자
서전으로는 〈나의 이야기〉, 〈스스로의 힘으로〉 등이 있다.

꿈을 갖는 일이
얼마나 아름다운 것인지

꿈을 갖는 일이
얼마나 아름다운 것인지
그것을 믿고 있는 사람에게만
미래가 있다.

• 엘리너 루스벨트 •

일전에 구청에 볼일이 있어 갔다가 어디선가 들려오는 클래식 기타의 희미한 선율에 발걸음이 멈춰졌다. 그것은 안개비처럼 나에게 감겨왔다.

기타 선율을 따라 계단을 올라 복도를 걸어갔다. 그 소리는 작은 강당에서 울려나왔다. 다소 서툰 듯 흔들리면서도 아름다운 화음이었다. 기웃거리며 안을 들여다보니 놀랍게도 스무 명 남짓 모인 여성들이 장르에 구분 없이 여러 곡을 연달아 연주하고 있었다. 아름다웠다. 연주복을 잘 차려 입은 프로 합주단이 아니라 일상복 차림의 평범한 주부들의 약간은 어설픈 기타 연주라 오히려 감동이 더했다. 그 길로 나는 등록을 하고 그들 대열에 합류했다.

지도하는 이미경 선생님은 왕초보 주부들을 하나하나 일일이 지도하며 기량을 펼치게 만드는 재주가 있었다. 그것은 그녀가 초등학교 4학년 때에 시작해서 인생의 중반에 이르기까지 붙잡고 놓지 않은 음악에 대한 열정 때문일 것이다. 그런 그녀도 결혼하여 아이를 낳아 기르느라 잠시 기타에서 손을 놓은 적이 있었지만 그녀는 결국 다시 기타를 잡았다.

"기타는 나 자신을 위로해줘요."

클래식 기타가 그녀에게 무엇인가 물었을 때, 그녀는 가장 먼저 자기 자신에게 주는 위안이라고 말했다.

기타를 손에서 놓고 그저 주부로서만 살아가던 어느 날 그녀는 숨이 막히고 답답하다는 생각이 들었다. 미칠 것 같았다. 꼭 죽을 것만 같았다. 이유가 무엇일까 생각하다가 아릿한 아픔이 가슴을 훑고 지나가며 동시에 클래식 기타를 치던 자신의 모습이 나타났다. 어떻게 잊을 수 있을까. 기타는 그녀의 또 다른 인생이었다. 그렇지만 어린 아기와 집안일은 기타를 쉽게 잡을 수 없게 만들었다. 가슴이 예리한 물체로 베이듯 아픔이 스쳐간 그날 이후 그녀는 한순간도 기타를 잊지 못했다. 음악은 그녀의 인생을 지탱해준 연인이었다.

그녀는 힘든 고비마다 〈기도하는 사람〉이나 〈판타지 오리지날〉, 〈11월의 어느 날〉 같은 곡을 연주한다. 그 중에서도 특히 그녀가 아끼는 〈밀롱가〉, 〈바이야의 연인〉, 〈소르의 마술 피리〉 같은 곡들을 듣고 있으면 아무리 힘들어도 삶은 아름답다는 걸 느끼게 되고, 그래서 보다 더 열심히 살고 싶어지곤 한다.

그녀가 좋아하는 곡들은 애수가 깃든 낭만적인 곡이 많다. 삶이 때때로 그녀를 배반할 때 그녀는 그 힘듦을 잊어버리고 오로지 클래

식 기타에 몰두했다. 시간이 지나면서 힘든 일들은 자연스럽게 해결
이 되었고, 음악과 더불어 삶도 강물처럼 찰랑이며 흘러갔다.

클래식 기타는 여섯 개의 줄마다 음계가 각각인데 그것을 모두 다
왼손으로 짚어내고 오른손으로는 줄을 퉁겨내야 하는 어려운 작업
이다. 그리고 독주 보다는 이중주나 삼중주, 혹은 사중주로 연주되
는 음악이 더 매혹적으로 다가온다. 그녀가 연습하는 것을 보면 열
손가락의 움직임부터 환상적이다. 그러나 그보다 그녀가 더 돋보이
는 것은 전문가를 키워내는 것이 아닌 평범한 주부들을 음악의 길로
인도한다는 점이다. 많은 취미가 있지만 클래식 기타를 한다는 게
쉽지만은 않기 때문이다.

올 가을이 되면 중국과 일본으로 연주여행을 떠날 예정이다. 예전
에도 일본의 후쿠오카 '시민회관' 에서 중주 연주를 하여 호평을 받
았다. 국내에서는 세종문화회관이나 예술의 전당 등에서도 합주공
연을 한 적이 있다.

그렇지만 그녀의 매력은 어디든지 장소를 가리지 않고 원하는 곳
이면 합주단을 이끌고 달려간다는 점에 있다. 구청 마당이나 복지단
체, 아파트 단지의 작은 공원도 마다하지 않고, 그들의 음악을 원하
는 곳이면 달려간다.

비가 오는 그 날도 우리는 소규모 공연을 앞둔 합주 연습을 게을
리 하지 않았다. 〈고향의 봄〉에서 시작하여, 〈바닷가의 추억〉을 지

나 〈소양강 처녀〉와 〈베사메무쵸〉에 이르기까지 그녀의 지휘 아래 10여 명의 합주단원은 열심히 연습했다.

"베이스, 베이스 박자 잘 잡으세요, 다시! 다시 47번부터 시~작!"

그녀의 낭랑한 목소리가 가슴에 시원한 물고랑을 파놓는다. 그녀의 유연한 손가락 놀림을 잠깐 훔쳐보며 나는 혼자 살며시 미소 짓곤 한다.

스스로를 위무하는 음악을 한다는 것만으로도 그녀의 인생은 그리고 우리의 인생은 나날이 깊어질 것이다. 음악을 하는 일은 영혼의 속삭임을 듣는 일이니까 말이다.

언제 그녀와 시간이 맞으면, 어린 시절 내 영혼을 몽땅 빼앗아버린 듯 나를 멍하게 만들었던 저 〈알함브라의 궁전〉이나 〈밤과 꿈〉을 그녀에게 꼭 한 번 들려달라고 해야겠다.

● **체호프** | *Anton Pavlovich Chekhov* 1860~1904; 러시아의 작가.
일류 극작가이자 근대 단편소설에서 가장 앞선 거장으로 꼽히며 19세기
말 러시아 사실주의를 대표하는 특출한 존재이기도 하다. 걸작으로는 〈갈
매기〉, 〈바냐 아저씨〉, 〈세 자매〉, 〈벚꽃 동산〉이 있다. 쇠락해가는 러시아
지주 계층을 신랄하게 묘사한 작품인 마지막 희곡 〈벚꽃 동산〉은 그의 주
장에 따르면 희극이며 어떤 점에서는 익살극이기도 한데, 등장인물들은
매우 통렬하게 묘사되었음에도 불구하고 끝까지 희극적이다. 그의 사후
40여 년 만인 1944~45년에 전집 〈A.P. 체호프의 작품과 편지 전집〉이
발간되어 어느 정도 조건부이기는 하지만 비로소 그의 작품들이 러시아
에서 학술적 가치를 지니게 되었다.

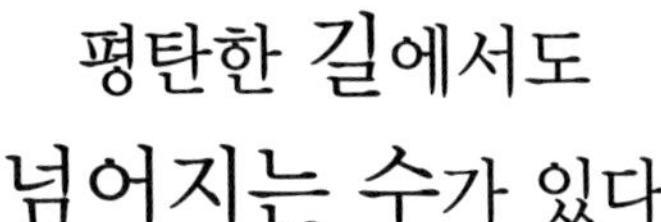

평탄한 길에서도
넘어지는 수가 있다

평탄한 길에서도 넘어지는 수가 있다.
인간의 운명은 그런 것이다.
신 이외의 누구도 진실을 아는 사람은 없다.

• 체호프 •

이모가 휴대폰이 생겼다며 전화를 했다. 번호를 불러주고 나서는 또 아들 자랑이 한창이다. 이모가 말하는 아들은 전처가 낳은 자식이다.

"글쎄, 우리 아들이 나 아프거나 할 때 필요하다고 사줬어."

"진짜 고맙네요."

이모는 환갑이 넘은 나이에 재혼을 했다. 영감님과는 몇 년 잘 지냈는데 그만 영감님이 먼저 돌아가셨다. 영감님이 죽으면서 살던 집을 이모에게 물려줬는데 5년이 지난 지금도 이모 명의로 바꾸지 않고 있다. 내가 죽으면 그 집을 싸짊어지고 가겠냐? 그 집은 맏아들이 물려받아야 마땅하다고 생각하기 때문이다.

"내가 뭔 집이 필요해, 살다가 고꾸라지면 그만이지."

이모는 영감님이 살던 집에 혼자 머물고 있다. 가까운 거리에 둘째 아들 부부가 산다. 둘째 아들은 터를 지키며 농사를 짓는데 벼를 수확하면 방앗간에서 찧어다 한 가마를 턱 하니 이모에게 갖다준다.

이모가 쓰는 전화와 전기세는 모두 서울 사는 큰아들 통장에서 빠져나가게 만들었다. 막내딸은 화장품이랑 옷을 사다준다. 이웃에 따로 살지만 이모는 거의 둘째 아들네 집에 가서 지낸다. 밥도 거기서 먹고 거실에 둘러앉아 텔레비전을 같이 보며 오붓한 시간을 보낸다.

"글쎄, 지난번에는 아들이 50만 원을 주면서 용돈으로 쓰라더라."

"무슨 돈을 그렇게 많이 줬대."

"일이 잘 돼서 돈을 좀 벌었다더라."

둘째 아들은 트랙터를 비롯하여 농기구를 가지고 일손이 부족한 이웃마을까지 나가서 논밭을 갈아주고 품삯을 받는다. 부지런하고 성실해서 쉴 틈이 없다. 전처 소생 자식들이 잘해준다는 이모의 끊임없는 자랑과 칭찬을 들을 때마다 그저 고맙고 가슴이 뭉클해진다. 어머니가 없는 나에게 이모는 어머니와 같은 존재이다. 내가 부모에게 못한 것을 그들 자식이 대신해주는 것 같은 느낌이 든다.

이모는 또 한참 손주들 자랑을 늘어놓다가 벌떡 일어나더니 골방을 뒤적거린다.

"너 이거 입어볼래?"

이모가 꺼내준 선 삼베로 만든 적삼이다. 젊어서 바느질을 했던 이모는 아직도 공업용 재봉틀에 기름을 치며 가끔 집에서 편하게 입을 만한 옷들을 만든다. 입어보니 딱 맞는다.

"와, 이쁘다. 이모는 뭘 입고요."

“난, 많아. 또 만들어 입으면 되지.”

내가 좋아하자 이모는 돌연 화초장을 뒤적거리더니 울긋불긋 요란한 무늬의 천을 가져와 재봉틀에 펼쳐놓는다.

“뭐 하시게요.”

“너 속바지 만들어주련다.”

“이모 꺼나 만들어 입어요.”

“며느리들, 딸들, 아들들 다 하나씩 해줬다. 여름에 시장 가서 시원한 천을 끊어다가 속바지 해주면 좋다고들 그래.”

“네에……”

“즈들이 나에게 잘하는데 이런 거라도 만들어줘야지.”

“그럼요.”

이모는 대충 눈짐작으로 치수를 재더니 뜨르르르 재봉틀을 돌린다. 이모는 원래 한복을 짓는 솜씨가 있다. 젊어서는 한복 바느질로 생계를 꾸렸다. 몇 분도 안 걸려 속바지가 완성된다. 입어보니 무척 편하다.

“이모, 아버지가 외로운가봐, 지난번에는 이모 안부를 다 묻던데.”

“누구나 다 외로운 거야, 내색을 안 하고 살 뿐이지.”

이모의 한 마디에 나는 이모가 어떻게 자신의 삶을 꾸려왔는지 알 것 같았다.

고통스러울 때 웃는 것을 배우지 않으면,
노년이 되었을 때 웃을 일이 하나도 없게 된다.

• 에드거 하우 •
| *Edger W. Howe* 1853~1937 ; 미국의 편집자, 소설가 |

● **조지 워싱턴** | *George Washington* 1732~1799: 아메리카 식민지군
장군, 미국 독립전쟁 당시의 혁명군 총사령관, 미국의 초대 대통령.
그는 전역한 직후에 그보다 한 살 위이고, 남매가 딸린 미망인 마사 댄드
리지와 결혼했다. 워싱턴과 재혼했을 때 각각 6세와 4세였다. 그 자신은
자식을 가지지 못했다. 혁명 후 나라의 틀이 완성되면 다시 은퇴하여 사
생활을 즐길 작정이었지만, 사람들은 모두 그를 초대 대통령 감으로 생각
했다. 취임식은 오늘날 워싱턴 동상이 서 있는 자리와 가까운 월스트리트
에서 열렸다. 그는 로버트 리빙스턴 대법관 앞에서 취임선서를 한 뒤 의
회에서 취임연설을 했다.

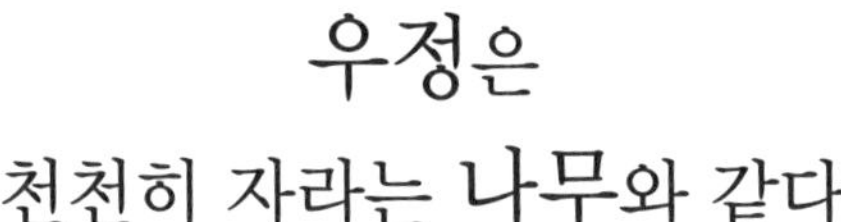

우정은
천천히 자라는 나무와 같다

우정은 천천히 자라는 나무와 같다.
그것이 우정이라고 불릴 만한 가치가 있게 될 때까지,
그것은 몇 번이고 어려운 충격을 받으며
견디어 내지 않으면 안 된다.

• 조지 워싱턴 •

가을이라는 여자아이는 몸집과 키가 또래에 비해 작고 말랐다. 일곱 살에 학교에 들어가서 올해 아홉 살 3학년이다. 가을이는 친구를 사귀고 싶어하지만 잘 안 된다. 가을이는 그림 그리기를 좋아한다. 인물그림을 그릴 때 아주 꼼꼼한 세부 묘사를 해서 놀란 적이 있다.

올 봄 가을이는 학급 부회장이 되었다. 그 아이 엄마는 가문의 영광이라고 동네방네 오고 가는 사람을 붙잡고 자랑을 늘어놓았다.

학교에서 학급 부회장을 뽑는 시간이었다. 아무도 가을이를 추천하지 않았다. 가을이는 손을 번쩍 들고 자기를 추천했다. 교탁 앞으로 나가 소견을 발표하는 시간이었다. 가을이는 떨리는 다리로 자박자박 걸어 나가 교탁 앞에 섰다. 말이 잘 나오지 않았다. 무엇보다도 겁에 질려 있었다.

그때 얼마 전 발목을 삐었을 때 엄마가 한 말이 문득 생각났다.

"가을아, 침 맞는 게 실제로는 아프지 않아. 네가 무서워하는 것은 마음속의 두려움이야.”

가을이는 엄마의 설명에 꾹 참고 침을 맞았다.

그 말을 떠올리며 탁자 밑으로 주먹을 꽉 쥐었다. 그리고 소신 발표를 했다.

그렇게 해서 가을이는 당당하게 학급 부회장이 되었다.

한번은 학교에서 영화 〈말아톤〉을 보여줬다. 그걸 본 가을이는 학교에서 집까지 울면서 왔다.

집에 와서도 엄마를 붙잡고 한참을 울었다.

“가을아, 왜 울어?”

“슬퍼서.”

가을이는 그 영화가 슬펐나보다. 가을이가 좋아하는 노래 중에 가수 마야가 부르는 곡이 있다. 소월의 진달래꽃이라는 시에 곡을 붙인 거다. 엄마가 가을이에게 설명했다.

“엄마, 나보기가 역겨워 고이 보내준다가 뭐야?”

“정말 역겨워서가 아니라 사랑하기 때문에 곱게 보내준다는 내용이야, 그걸 다른 표현으로 쓴 것뿐이야.”

“……”

“사실은 헤어지는 아픈 마음을, 떠나보내기 싫어서 반대로 표현한 거야.”

“진짜 안타까워.”

　　그들 모녀의 대화를 들으며 좀 어렵지 않냐고 했더니 가을이가 다 알아듣는다고 한다. 가을이뿐만 아니라 요즘 아이들 정신 연령이 높단다.

　　가을이는 색종이를 잘 접는다. 엄마, 아빠, 가을이 이렇게 세 식구를 나타내는 색종이는 정말 기가 막히게 만든다. 어른들이 얘기하는 시간에 소리 없이 그 옆에 앉아 색종이를 접는데 손놀림이 무척 빠르다. 그런 가을이가 색종이로 인해 '특별한 아이들'을 사귄 것을 흥분해서 떠들었다.

　　"엄마, 엄마, 오늘 학교에서 그 특별한 아이들이 나에게 몰려오기 시작했다."

　　"특별한 아이들이라니, 누굴 말하는 거야?"

　　"엄마, 나는 평범한 애잖아. 거 왜, 공부 잘 하고 똑똑하고 예쁜 아이들 말이야."

　　"너도 예쁘고 똑똑해."

　　"아니, 나는 평범한 아이라니까, 어쨌든 내 말 들어봐."

　　이야기의 요지는 색종이 접기 시간이었는데 아이들이 잘 안 되니까 가을이에게 우르르 몰려와 예약을 해놓았다. 그런데 가을이가 보기에 그 아이들은 평소에 자기와 잘 놀아주지도 않고 그들끼리만 노는 '특별한 아이들'이었다. 가을이도 그 아이들과 놀고 싶었다.

　　가을이는 몹시 흥분한 것 같았다. 가을이 엄마는 일찌감치 아이에 대한 욕심을 버리고 건강하게 자라주기만을 바라며 산다.

가을이는 친구들 사이에서 상처를 잘 입는다. 일기를 보면 선생님이 일기 잘 썼다고 사탕을 주었다. 그런데 친구네 집에서 함께 놀아주는 조건으로 그 사탕을 친구에게 줬다. 그 친구는 놀아주지 않고 혼자 컴퓨터 게임만 했다. 가을이는 선생님이 준 사탕을 먹고 싶었지만 친구와 사귀고 싶어서 꾹 참고 준 것인데도 말이다.

가을이가 친구를 사귀고 싶어 하는 마음은 그 아이의 일기장에 쓴 동시에도 잘 나타나 있다.

놀이터

놀이터야, 너는 좋겠다.
가만히 있어도
아이들이 놀아주니까

놀이터야, 너는 좋겠다
하루종일 아이들이
몰려오니까

난 네가 부러워

● 채근담 | 菜根譚: 중국 명대明代 홍응명洪應明이 지은 삼교일치三敎
一致의 통속적인 처세 철학서.
작자 홍응명은 자는 자성自誠, 호는 환초도인還初道人이다. 이 책은 경구
警句 풍의 단문 350여 조로 이루어져 있다. 중국에서는 그다지 알려지지
않았으나 한국과 일본에서는 널리 읽혔다. 작자에 관해서는 자세하게 알
려져 있지 않으나 1580년(萬曆 8)에 진사가 된 우공겸于孔兼의 친구로서
쓰촨 성四川省 사람으로 추정된다.

물고기는 물 속을 헤엄치되
물을 잊어버리고

물고기는 물 속을 헤엄치되 물을 잊어버리고,
새는 바람을 타고 날되 바람이 있음을 알지 못하느니라.
이 이치를 알면
가히 물질에 얽매어 있는 것을 빗어닐 수 있고
하늘의 오묘한 작용을 즐길 수 있느니라.

· 채근담 ·

하루 두 잔의 차를 팔면 8천 원.

하루에 8잔의 차를 팔면 더 이상 장사를 하지 않는다. 이것으로 그들은 하루를 산다. 그것으로 두 사람의 양식은 충분하기 때문이다.

그 남자와 그 여자 이야기는 은행에 갔다가 여성잡지에서 읽었다. 한때 수녀와 수사였던 두 사람. 어느 날 그들은 수도복을 벗고 부부가 되었다. 아무것도 없는 상황에서 그들은 꼭 필요한 것, 이를 테면 숟가락, 젓가락, 냄비, 밥공기… 최소한의 필요한 물품을 구비하고서 만족해했다. 남자와 여자는 틈만 나면 산과 들을 돌아다녔다. 산행을 통해 그들은 더 넓은 신의 세상을 발견했으며 서로를 사랑할 수 있었다.

음악을 듣거나 산행을 하거나 삶은 기쁨의 천지였다.

돈은 있으면 있는 대로 없으면 없는 대로 그날 그날 살았다. 먼 미래를 생각하고 비축하는 게 없었다. 아니 비축할 여력도 없었다. 오늘 하루의 일도 모르는데 먼 미래는 더더욱 불확실할 수밖에 없는 인생이니까.

북한산 자락에 쬐끄만 찻집을 연 것도 알음알음으로 알게 된 지인들이 도와줘서 겨우 작은 공간을 마련할 수 있었다. 지인 중에는 예술인도 학자도 음악가도 있었으며 다양한 사람들이 그들을 도왔다.

아무것도 가진 게 없어도 행복한 그 남자와 그 여자. 가끔 경쟁에서 비껴나 세속적인 물욕을 버리고 살아가는 사람들을 만나면 부럽기도 하고 그렇게 못 하고 사는 자신에 대해 생각하게 된다.

우리 주위에는 가진 자가 많은 반면에 의외로 또 자연으로 회귀하여 안빈낙도 하는 사람들도 많다. 도시에서 벗어나 모든 것이 열악한 산골이나 섬으로 들어가 사는 사람들이 그들이다.

안나 씨는 이십 대에 서울의 대학 병원을 마다하고 산골로 들어가 봉사활동을 하며 지냈다. 그녀가 전공한 간호학은 산골 사람들에게 많은 도움이 되었다. 얼굴이 작고 갸름한 그녀는 유난히 피부가 희고 고왔다. 몇 년 동안 프랑스인 여의사를 따라 골짜기로 봉사활동을 다니며 그녀는 이제껏 느끼지 못했던 자연의 신비에 눈을 떴다. 풀, 꽃, 나무, 나비, 돌멩이…. 그녀는 시골에서는 지천인 동식물을 보며 탄성을 질렀고, 시골 사람들과 자연을 사랑하게 되었다.

그녀가 밟고 지나간 산길, 오솔길, 강변의 자갈밭, 마을의 골목들은 그녀에게는 삶의 신비였고, 충만한 기쁨이었다.

3년의 계약 기간이 끝났음에도 그녀는 계약을 연장하고 시골에

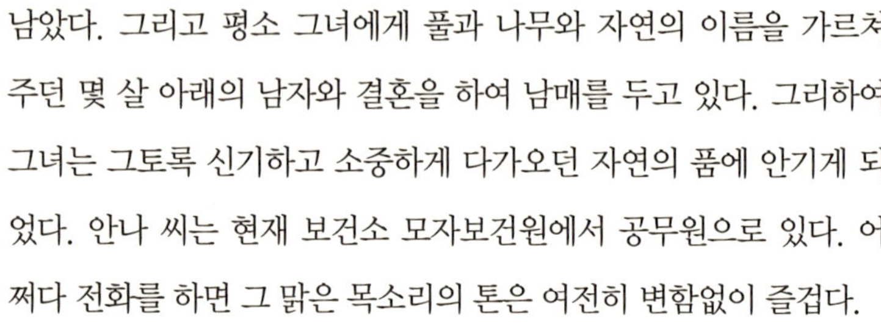

남았다. 그리고 평소 그녀에게 풀과 나무와 자연의 이름을 가르쳐 주던 몇 살 아래의 남자와 결혼을 하여 남매를 두고 있다. 그리하여 그녀는 그토록 신기하고 소중하게 다가오던 자연의 품에 안기게 되었다. 안나 씨는 현재 보건소 모자보건원에서 공무원으로 있다. 어쩌다 전화를 하면 그 맑은 목소리의 톤은 여전히 변함없이 즐겁다.

"어머나, 그랬니? 그랬니?"

까르르 흩어지던 그녀의 웃음소리는 삶의 찬가였다. 구효서의 소설 〈시계가 걸렸던 자리〉에서는 시계의 등장으로 사람들의 삶이 더 바빠졌고, 번잡해졌음을 지적하는 대목이 나온다. 별자리의 위치나 이동에 따라 농사를 짓고 고기잡이를 나섰던 옛사람들이나 시계와 달력에 따라 일상을 맞춰 사는 오늘의 현대인에게 시간은 똑같이 흘러간다. 그러나 같은 시간임에도 왜 현실은 더 바쁘고 번잡한지.

그것은 물질을 쫓아 살아가기 때문이 아닐까. 가진 것으로, 집의 평수로 개인의 능력을 총체적으로 점검하고 평가하는 시대에 그것으로부터 초연하기란 쉽지 않다. 하루 두 잔의 차를 팔면 그날 하루치는 충분히 살아갈 수 있다는 남자와 여자, 그들은 자유롭다.

인생은 한 권의 책과 같다.
어리석은 사람은 대충 책장을 넘기지만,
현명한 사람은 공들여서 읽는다.
그들은 단 한 번 밖에 읽지 못하는 것을 알기 때문이다.

• 장 파울 •
| *Jean Paul* 1763~1825 ; 독일의 소설가 |

●헤르만 헤세 | *Hermann Hesse* 1877~1962: 독일의 소설가 · 시인.. 1946년 노벨 문학상 수상자로서, 그의 주요 주제는 인간의 본질적인 정신을 찾기 위해 문명의 기존 양식들을 벗어나 인간을 다루고 있다. 자기 인식을 호소하고 동양의 신비주의를 찬양했으며, 사후에 영어권 젊은이들의 우상이 되었다. 인간의 위기에 대한 심오한 감성을 지닌 작가로서, 카를 구스타프 융의 제자 J. B. 랑과 함께 정신분석을 연구했으며 융과도 알게 되었다. 분석의 영향이 〈데미안〉에 나타나는데, 이 소설은 고뇌하는 청년의 자기인식 과정을 고찰한 작품이다. 대표적 작품으로 〈황야의 이리〉, 〈지와 사랑〉, 〈유리알 유희〉 등이 있다.

세상에는
단 하나의 마술

세상에는 단 하나의 마술,
단 하나의 힘,
단 하나의 행복이 있을 뿐이고,
그것은 사랑이라고 불리는 것이다.

• 헤르만 헤세 •

지금도 사람들은 한센병에 대해 잘 모른다. 그 병은 전염병이 아니라는 사실도, 의학이 대단히 발달한 현대에도 아직 한센병을 앓고 있는 사람들이 있다는 것도, 또 그 병에 걸린 사람들이 평생 외로운 자기만의 싸움을 하며 살고 있다는 것도.

밤송이가 툭툭 길바닥에 떨어져내려도 아무도 줍지 않던 곳, 나환자들이 모여 사는 마을. 그곳에서 일주일 동안 봉사활동을 하던 때 김씨라고 불리는 남자를 만났다. 보통 키에 표준형 한국인의 체형을 갖춘 그는 우리네 이웃에서 늘 마주치는 그런 사람들 중의 하나였다. 별다른 특징을 발견할 수 없는 외모였지만 눈빛만은 맑았다.

사랑하는 아내와 두 자녀, 평범하고 소박하게 살던 김씨에게 어느 날 느닷없이 불행이 닥친 것은 둘째 아이가 갓 태어났을 무렵이었다. 부인의 피부가 이상하여 병원에서 진찰해본 결과 한센병으로 판정이 났다.

다정했던 두 사람은 각자의 고민으로 한동안 우울한 시간을 보냈다. 김씨는 고민 끝에 겨우 1개월 된 아기는 부인의 친정으로 보내고 세 살 된 아기는 부인이 데리고 나환자촌으로 들어갔다.

이때부터 김씨의 방황이 시작되었다. 두 아이와 병든 아내를 버렸다는 죄책감에 시달리며 2년 간 방황하며 흐트러진 삶을 살았다.

부인과 아이들을 잊으려고 무척 애를 썼지만, 김씨의 머릿속에서 떠나지 않는 말은 결혼식 때 주례자 앞에서 약속한 말이었다.

"나는 즐거울 때나 괴로울 때나 성할 때나 병들었을 때에도 하느님이 맺어주신 아내를 사랑하며 신의를 지킬 것을 약속합니다."

김씨는 사랑했던 아내와 두 아이가 어떻게 살고 있을까 궁금했다. 마침내 그는 가족을 찾아보기로 마음먹었다. 김씨는 아내의 길을 배려해준 신부님을 찾아갔다.

면회 중에 아내는 얼굴을 보여주지 않았고 이제는 제법 자란 딸애가 김씨와 아내 사이를 왔다 갔다 하며 말을 전달해주었다.

아내의 얼굴을 볼 자신이 없는 김씨가 돌아가려고 일어서서 나오는데 딸아이가 김씨의 팔에 매달리며 말했다.

"아빠, 가지 말고 같이 살아요."

딸애의 그 말 한 마디에 김씨는 부인 곁에 남기로 했다. 아내의 모습은 상상한 것처럼 심하지는 않았지만 흉하게 일그러져 있었다.

그렇게 부인과 해후한 김씨는 그 후 오 남매를 더 낳았고, 모두 칠 남매의 자식을 두고 그곳에서 함께 살고 있다.

‘용서란 마음속에 방 한 칸을 내어주는 거야.’

〈내 머릿속의 지우개〉라는 영화에서 알츠하이머 병을 앓는 여주 인공이 어머니를 용서 못하는 남자에게 한 말이다. 자신을 용서 못해 긴 시간 방황하다가 비로소 평화를 찾은 김씨는 어렵고 힘든 여정을 온 몸으로 껴안음으로써 자신을 용서하게 된 것이다.

그래서인지 그에게서는 긴 강을 혼자 노 저어 건넌 사람 같은 의연함과 평화가 느껴졌다. 그것은 어둡고 찌들어 있을 것이라는 예상과 달리 그곳 한센병을 가진 사람들 모두에게서 풍겨나던 평화로움이었다.

결혼식 때의 서약을 지킨 김씨. 그곳에 살면서도 행복한 웃음을 지을 수 있는 까닭은 그가 인간으로서 신의를 지켰다는 자긍심 때문일 것이다.

세월이 많이 지난 지금도 나는 사는 일이 힘에 부칠 때면 그곳에서 만난 김씨 가족을 떠올린다. 또, 미사 중에 독창으로 성가를 선창하던, 겉모습은 비록 일그러졌으나 목소리가 기가 막히게 맑고 아름다운 여자 환자의 아름다운 노래를 가슴으로 듣는다.

그들은 늘 나에게 이렇게 말하며 나를 다독여준다.

“아름다운 얼굴, 튼튼한 다리를 가진 것만으로도 신에게 감사하십시오.”

고통이 클수록 그 고통을 극복했을 때의 기쁨 또한 커진다.
유능한 선장은 폭풍과 태풍 속에서 명성을 얻는다.

• 에피큐러스 •
| *Epicurus* B.C. 341?~B.C. 270? ; 그리스의 철학자 |

우리는 이 세상에서 위대한 일을 할 수는 없다

내게는 인간에 대한 믿음 외에 다른 어떤 믿음도 필요하지 않다

행복이란 타인뿐 아니라 자신에게도

운명은 항상 너를 위하여 보다 더 훌륭한 인생을 준비하고 있는 법이다

우리들은 행복이라는 물건을 만들 수 있는 재료와 힘을 가지고 있는데

그들은 내 눈을 앗아갔지만 나는 밀턴의 천국을 기억합니다

모든 인간의 일생은

자신의 무게를 견뎌내는 선박이라면

내가 날마다 생활하는 가운데 얻는 진정한 양식은

실패에 건배!

3 행복이란
타인뿐 아니라
자신에게도 즐거움을 주는
향수와 같은 것이다

● 마더 테레사 | *Mother Teresa of Calcutta* 1910~1997; 알바니아 태생의 인도 수녀.
로마 가톨릭 교회의 '사랑의 선교회' 창설자이자 대수녀원장을 지냈으며, 1979년에 노벨 평화상을 수상했다. 알바니아의 노동자 가정에서 태어난 테레사 수녀는 1928년 아일랜드 라스프란햄의 '복되신 동정 마리아회'에 들어갔고, 얼마 후 인도로 가는 배에 몸을 실었다. 보수적인 로마 가톨릭 인사들의 반감 등 숱한 난관에 부딪치면서도 자그마한 몸집에 온화한 성품을 가진 테레사 수녀는 조금도 굴하지 않고 끈질기게 선교회의 활동을 넓혀나감으로써 죽어가는 사람들과 나환자, 버려진 아이들, 노인들에게 애정 어린 도움을 베풀었다.

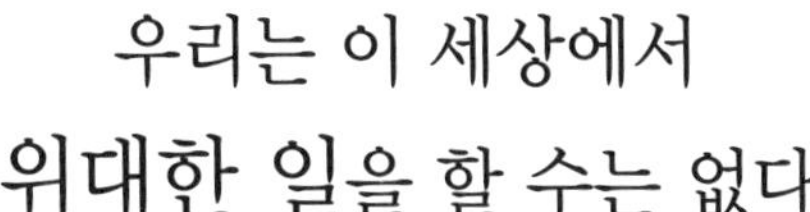

우리는 이 세상에서
위대한 일을 할 수는 없다

우리는 이 세상에서
위대한 일을 할 수는 없다.
단지 위대한 사랑을 갖고
작은 일들을 할 수 있을 뿐이다.

• 마더 테레사 •

내가 근무하는 진료소에는 주사침대가 하나 있다. 아무도 없을 때, 잠깐씩 이 침대에 누워보곤 한다. 이 곳에 누워 투약구 창문을 통해 하늘을 바라보는 것이 좋아서다. 투약구 창문에서 바로 하늘이 보이는 건 아니다. 대기실의 커다란 유리 창문을 통하여 보는 것이다.

말하자면, 이중창문을 통하여 8절지 크기의 하늘을 올려다보는 셈인데, 그 작은 하늘을 보며 나 자신을 돌아보곤 한다. 정면으로 직접 하늘을 보는 것이 아닌 두 개의 창문을 통해 간접으로 바라보는 하늘이기에, 내 지나온 날들의 앞과 뒤, 위와 아래를 비교적 여유 있게 바라볼 수 있는 마음이 생기는 것인지도……

해질녘, 하루의 일을 마무리하며 보는 하늘이 제일 아름답다. 그 작은 하늘에도 저녁놀이 타오르고, 가느다란 전깃줄에 참새들이 날아와주기도 하니까.

내가 처음으로 주사를 놓은 것은 간호대학 1학년 때다. 기초 간호학 실습 시간에 짝꿍끼리 주사를 놓았다. 주사기를 든 손이 어찌나 떨리던지. 교수님의 도움으로 간신히 해냈다.

친구들은 쉽게 주사를 놓곤 했다. 워낙 겁이 많은 난 번번이 뒤로 물러나곤 했다. 환자들의 엉덩이를 딱딱 때리며 주사를 놓는 간호사들이 그렇게 부러울 수가 없었다.

병원에 장기 입원하고 있는 환자들 중에는 주사를 못 놓고 뒤에만 서 있는 내게 동정을 보이는 사람도 있었다. 아파도 괜찮다며 자기를 실습 대상으로 삼아 주사를 찔러 보라는 것이다. 그러나 나는 도저히 주사기를 손에 들 용기가 나지 않았다.

어느 날 저녁, 어머니가 돼지고기 두어 근을 사오셨다. 나는 반짇고리에서 제일 긴바늘을 꺼내왔다. 돼지고기의 여기저기를 조심스럽게 찔러보았다. 나약한 내 성격에 그 것도 쉬운 일은 아니었다.

여전히 주사를 놓지 못하는 둔한 학생이었다. 병원실습 공포증에다가 불면증까지 겹쳐 왔다. 유능한 간호사가 될 수 없다면 차라리 학교를 자퇴하리라고 마음먹었다. 혼자서 고민하고 절망으로 배회하던 날들이었다.

그러던 중에 무료병동실습을 하게 되었다. 오갈 곳 없는 행려 병자들을 받아들여 진료해주는 병동이었다. 환자들은 대부분 깊은 병이 들어 있었으며 지저분하기 이를 데 없었다. 하루에도 몇 명씩 죽어 나갔다. 그 곳을 좋아하는 사람은 없었다. 마지못해 갔다가는 도망치듯 빠져 나오곤 했다.

햇볕이 쨍쨍 나던 날이었다. 무료병동의 침구며 그들의 옷가지를 볕에 말리라는 수간호사의 명령이 떨어졌다. 그네들의 옷은 몹시 더러웠고 악취가 코를 찔렀다. 더욱 놀란 것은 옷마다 굵은 이들이 굼실대는 것이었다. 학생들은 비명을 지르며 달아났다. 나는 이를 악물고 그것들을 볕에 널었다. 환한 햇살 아래서 옷가지에 붙은 이들을 털어 내던 기억은 오래도록 머릿속을 떠나지 않았다.

내가 주사를 놓게 된 것은 무료병동의 대청소를 하고 난 후였다. 그 곳에서의 실습기간은 길지 않았지만, 나는 더 이상 물러설 수 없는 극한 상황에서 두터운 벽을 뚫는 심정이었다. 주사를 놓는 데서 실격한 나. 더러운 것을 만지는 것 또한 실패한다면 간호사가 될 자격은 영영 없다고 생각했다. 정말 자퇴를 할 수밖에는 없었으리라.

더 이상은 도망갈 수 없는 바닥에서 죽을힘을 다해 가장 낮은 자리에서의 어려움을 이겨냈다. 그랬더니, 신기하게도 주사를 놓을 수 있었다. 아기가 첫 발짝을 떼듯, 새가 첫 날개를 펼치듯.

주사침대에서 바라보는 하늘이 어두워지기 시작한다. 그 8절지의 하늘은 나의 외면을 비추는 밝은 거울이 아닌, 나의 내면을 들여다보는 또 하나의 진실한 거울이 되어, 가장 낮은 자리에 있는 나를 비추고 있다. 하루를 돌아보며 나를 반성하게 하고 새롭게 살아갈 힘을 얻기도 하는……

오늘도 남몰래 다짐하곤 한다. 그들에게서 배운 간호 기술을 되돌려주는 마음으로, 가장 낮은 자리에 서서 험한 상처를 기쁘게 어루만지는 마음으로 살자고.

8절지 만한 하늘에 달빛이 어린다. 서둘러 침대를 깨끗이 닦아야겠다. 또 다른 행려 병자를 맞이하기 위하여.

●펄 벅 | *Pearl Buck* 1892~1973; 미국의 작가.
중국의 생활을 다룬 소설로 유명하며, 1938년 노벨 문학상을 받았다. 장로교회 선교사였던 부모를 따라 중국에서 어린시절을 보냈다. 중국 생활에 대해 쓴 논설과 단편소설들이 1923년 미국 잡지에 처음 실렸다. 1931년 《대지》를 발표하면서 비로소 폭넓은 독자층을 얻게 되었다. 그녀는 1917년 선교사 존 L. 벅과 결혼했으나 1934년 이혼하고, 다음해에 뉴욕의 출판업자인 리처드 J. 월시와 재혼하여 미국에서 살았다. 제 2차 세계대전 뒤에는 미군 병사들이 아시아의 여러 나라에 남기고 간 사생아들을 돕기 위해 펄 S. 벅 재단을 세웠다.

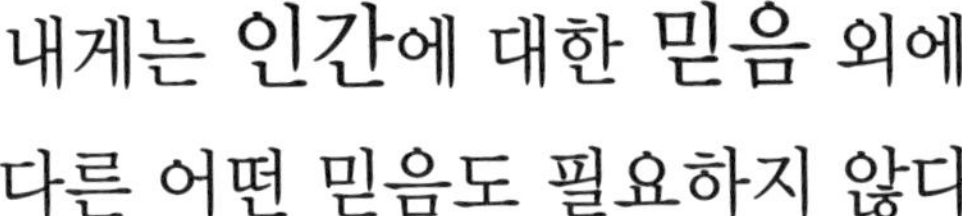

내게는 인간에 대한 믿음 외에
다른 어떤 믿음도 필요하지 않다

내게는 인간에 대한 믿음 외에
다른 어떤 믿음도 필요하지 않다.
말년의 공자처럼 천국이나 천사를 생각하지 않으면서도,
나는 지구의 경이로움과 그 안의 생명에 심취된다.
나는 지금 이 상태 그대로도 충분히 행복하다.

• 펄 벅 •

누가 왔나 보다. 진료소 현관문을 두드리는 소리가 난다. 이웃 마을 아저씨다. 엉거주춤 서서 들어오길 머뭇거린다. 쑥스러워하며 내미는 것이 있다. 마늘 한 접이다. 지난번엔 정말 고마웠다며, 농사지은 것이니 먹어 보라고 한다. 손이 부끄럽다며 도망치듯 나가신다.

보일러실 창문 옆에 마늘을 건다. 마늘쪽이 단단하고 실하다. 농사짓는 사람들은 농작물이 곧 돈이라는 걸 잘 안다. 읍내 장에 내가면 돈 만원은 실히 받을 텐데……. 고맙다는 인사도 제대로 못해서 못내 아쉽다.

한 달 전이다. 좀 전의 그 아저씨가 날 찾아왔다. 아주머니가 복막염 수술을 받았다고 했다. 다달이 의료보험료를 불입할 형편이 못돼서 의료보험카드도 없는데, 수술비가 얼마나 나올지 걱정이라고 했다. 지금 상태론 돈을 마련할 길이 전혀 없다며 난감해 했다. 아저씨는 내게 도움을 청했다. 담당 의사 선생님에게 잘 말씀드리면 혹시

나 치료비를 깎아주지 않겠냐고 했다. 염치없는 부탁을 드린다며 무거운 발길로 돌아갔다.

오죽 답답하면 내게 찾아와서 하소연을 할까. 난 그 날 밤에 담당 의사 선생님께 편지를 썼다. 그 아주머니의 가정 형편을 자세히 적고, 선처를 바란다는 간곡함도 곁들였다.

보름 후에 아저씨가 들르셨다. 아주머니를 퇴원시켰다고 했다. 수술경과도 좋고, 치료비도 생각보다 훨씬 적게 냈다고 했다. 내 편지를 읽은 의사 선생님이 특별히 배려를 해주신 것 같다고 했다. 아저씨는 딸 같은 내게 허리를 깊숙이 굽히며 인사를 했다. 이 은혜를 잊지 않겠다고도 했다.

그분을 보내고 돌아서며 생각했다. 내가 무슨 대단한 일을 한 것도 아닌데, 분에 넘치는 인사를 받으니 오히려 송구스러웠다. 물질적으로 도움을 준 것도 아니다. 다만 간절한 내용을 담은 편지 한 통을 보낸 것뿐이다.

내가 쓴 한 통의 편지로 모든 어려운 사람들이 혜택을 받을 수 있다면, 몇 백 통인들 못쓸까. 내가 할 수 있는 가장 작은 일로 급박한 사정이 생긴 사람에게 보탬이 될 수 있다면, 편지를 쓰기 위해 몇 밤을 새운들 어떨까.

잘 여문 마늘을 다시 바라본다. 이 마늘은 내가 받을 것이 아니다. 그 인정 많은 의사 선생님께 보내 드려야겠다는 생각을 해본다.

농부들의 곳간이 풍성해지고, 사람들의 마음마저 덩달아 부자가
되는 가을이다.

귀뚜라미가 밤새워 우는 밤에는 이런 편지나 많이 썼으면 좋겠다.
내가 쓴 편지가 휴지로 구겨져 버리지 않는다면…….

꽃향기는 역풍을 만나면
그 향기가 사라지지만
착한 사람의 향기는 역풍을 이기고
사방에 퍼진다.

• 법구경 •
| 法句經, *Dhammapada*; 팔리어로 '가르침의 말씀' 이라는 뜻의 불교 경전 |

● 에머슨 | *Ralph Waldo Emerson* 1803~1882; 미국의 시인·수필가.
그는 유럽의 심미적·철학적 조류를 미국에 전했던 문화의 중개자로서
공헌했으며, 미국의 르네상스(1835~65)로 알려진 찬란한 문예부흥기 동
안 자국민을 인도했다. 초절주의의 주된 대변자로서, 또한 유럽 낭만주의
의 지류를 미국에 심은 사람으로서 에머슨은 무엇보다도 모든 사람 안에
깃들어 있는 정신적인 잠재력에 대한 믿음을 강조하도록 종교적·철학
적·윤리적 운동에 있어 방향을 제시하였다.

행복이란
타인뿐 아니라 자신에게도

행복이란 타인뿐 아니라
자신에게도 즐거움을 주는
향수와 같은 것이다.

• 에머슨 •

내 책상 서랍 속엔 10여 장의 들꽃 봉투가 들어 있다. 흰 편지 봉투에 말린 들꽃을 붙이고, 그 위에 다시 고운 한지로 봉투를 만들어 씌운 것이다. 한지 속에 숨어 있는 들꽃이 은은하게 드러나 보인다.

처음에 이 들꽃봉투를 받고 한눈에 반해 들여다보았다. 분홍, 보라, 노랑 등 색색의 한지 봉투 속엔 제비꽃, 메밀꽃, 냉이꽃 등의 들꽃이 붙여져 있었다. 예쁘고 귀한 이 봉투를 누구에게 보낼지 망설이며 한동안 서랍 속에 꼭꼭 감추어 놓고 지냈다.

이 들꽃 봉투를 만든 분은 D시市에 사시는 64세의 할머니다. 우연히 잡지를 보다가 할머니의 기사를 읽었다. 들꽃을 말려 봉투를 만들고, 원하는 사람들에게 나누어준다고 했다. 들꽃 봉투가 보고 싶고 갖고 싶어서 할머니께 편지를 보냈다. 며칠 후에 답장과 함께 들꽃 봉투를 받았다.

"싱싱한 들꽃은 안쓰러워 꺾지 못하지요. 시들기 직전의 꽃을 꺾어요. 환생시켜준다는 마음으로 조심스럽게 꺾어서 말리지요.”

할머니의 편지를 읽으며 코끝이 찡했다. 더할 수 없이 따뜻한 마음, 목숨에의 외경을 몸으로 느꼈기 때문이다.

그처럼 정성 들여 만든 들꽃 봉투에 고운 사연을 담아 사람들에게 부쳐준다고 했다. 미국 땅에서 갖은 고생 끝에 기반을 잡았다는 50대 교포, 녹슨 철책을 마주하고 외로움에 떨며 휴전선을 지키는 군인, 지난날의 잘못을 뉘우치고 대입검정고시를 준비한다는 청송 감호소의 젊은이에게도 부쳐준다고 했다. 참으로 고마운 일이다.

교포는 고국의 야산을 떠올리며 향수에 젖었고, 군인은 고향에 계신 어머니 생각에 가슴이 뭉클했으며, 청송의 젊은이는 다시는 죄를 짓지 않고 들꽃처럼 겸손하게 살리라고 다짐을 했다는 것이다.

나도 사랑을 나누는 그 일에 조금이나마 힘이 되고자 들꽃을 말려 할머니께 보내 드렸다. 가정방문을 다녀오는 날이면 논두렁 밭두렁을 살피며 다녔다. 민들레, 제비꽃, 자운영, 냉이, 패랭이꽃……. 온갖 들꽃들이 수줍은 듯 피어 있다. 목련, 튜율립, 칸나처럼 화사한 꽃에 주눅이 들어서 저리 뚝 밑으로 숨었을까? 그들은 하나같이 고개를 떨어뜨린 채 다소곳하다.

그러나 이 가녀린 들꽃이 얼마나 큰 일을 해내고 있는지를 잘 안다. 목련이나 튜율립 꽃잎을 말려서 봉투를 만든다면, 받는 사람이 그다지 감동을 받지는 못할 것이다. 잡초 무성한 산 밑이나 외진 둑

길 밑에 피어 있는 제비꽃을 보라. 알아주는 이 없어도, 눈 여겨 보아주는 이 없어도, 숙명인 듯 제 할 일을 다 할 뿐 불평 한 마디 하는 일이 없다. 눈에 띄지 않게 조용히 살았으나 후회 같은 건 없으리라. 그래서 할머니의 들꽃봉투는 만들어졌겠지. 봉투를 받는 사람은 고마워하는 거겠지.

경운기에 밟히고 자전거 바퀴에 눌린 이지러진 들꽃만을 조심스럽게 꺾어 하나씩 잘 펴서 책갈피에 끼워 놓는다. 이 들꽃을 말려 보내면 할머니는 상처 난 부분을 어루만지고 재생시켜서 밤새워 예쁜 봉투를 만들 것이다. 지치고 허기진 영혼들에게 또 하나의 삶과 꿈을 불어넣어 줄 것이다. 지금 내가 꺾고 있는 이 들꽃은 시들었다 해도 아주 죽는 것은 아니다. 들꽃 할머니의 손에서 기도로 되살아 날 것이니까.

들꽃 봉투를 꺼내어 책상 위에 펼쳐 놓고 평소에 신세를 진 사람들을 떠올린다.

하나의 초는 수천 개의 초를 밝힐 수 있다.
그렇다고 해서 그 초의 수명이 짧아지는 것이 아니다.
행복도 이와 같아서 나눈다고 줄어드는 것은 아니다.

• 붓다 •
| *Buddha* B.C. 563?~B.C. 483? ; 인도에서 태어나 깨달음을 얻은 성인 |

● 세르반테스 | *Miguel de Cervantes Saavedra* 1547~1616; 스페인이
낳은 가장 위대한 소설가·극작가·시인..
그의 소설 〈돈 키호테〉는 60여 가지 언어로 완역 또는 부분적으로 번역
되었고, 꾸준히 판을 거듭하고 있으며, 작품에 대한 비평적 논의도 18세
기 이래 줄기차게 계속되고 있다. 뿐만 아니라 돈 키호테와 산초 판사라
는 두 인물은 미술·연극·영화 등을 통해 널리 알려져 세계 문학의 다른
어떤 허구적 인물들보다도 일반에게 친숙한 모습이 되었다. 세르반테스는
위대한 실험가로서, 서사시를 제외한 모든 주요문학 장르에 손을 댔다. 당
시 비천한 출신의 작가들까지 포함한 대부분의 스페인 작가들과는 달리
그는 대학에 다니지 않았던 것으로 보인다.

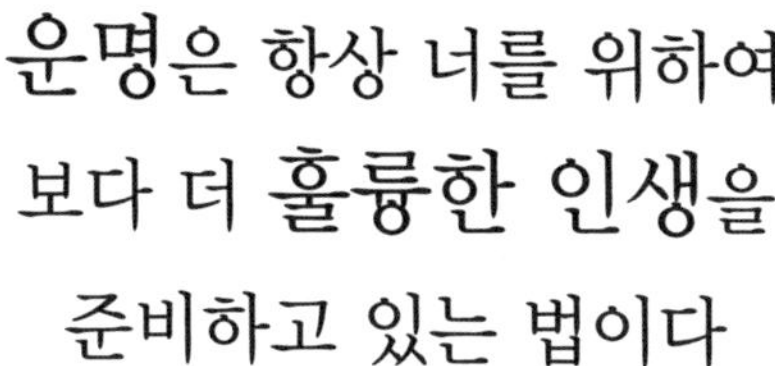

운명은 항상 너를 위하여
보다 더 훌륭한 인생을
준비하고 있는 법이다

운명은 항상 너를 위하여
보다 더 훌륭한 인생을 준비하고 있는 법이다.
그러므로 오늘 실패한 사람이
내일에는 반드시 성공하는 법이다.

• 세르반테스 •

오늘 난 얼굴도 이름도 모르는 소년을 생각하며 우체국을 향한다. 그 소년에게 줄 우표를 사며 기도하는 마음이 된다.

그 소년을 알게 된 것은 들꽃 할머니를 통해서다. 처음에 그 할머니에게서 십여 장의 들꽃봉투를 받고, 감사의 뜻으로 우표를 조금 보내드렸다. 애써 만드신 들꽃 봉투를 거저 받는 것이 죄송해서다. 또한 많은 사람들에게 들꽃 봉투를 부쳐 주려면 우표가 필요할 것 같아서다.

우표를 보내줘서 고맙다는 편지를 받았다. 추신에 내가 보낸 우표 중에서 몇 장 더 받고 싶은 것이 있다고. 꼭 보내주길 바란다고 써 있다.

그 우표는 '고향의 봄' 이란 제목의 우표다.

나의 살던 고향은 꽃피는 산골
복숭아꽃 살구꽃 아기 진달래

울긋불긋 꽃대궐 차리인 동네

그 속에서 놀던 때가 그립습니다.

우표 위쪽엔 이 노랫말과 함께 악보가 인쇄되어 있다. 그 밑엔 활짝 핀 살구꽃 속에서, 바지 저고리를 입은 초동이 피리를 부는 그림이 그려져 있다. 어릴 적 고향의 정취가 물씬 풍기는 이 우표는 그림도 예쁘고 색상도 고와서 내가 가장 아끼는 우표이기도 하다.

우표모음집을 꺼냈다. '고향의 봄' 우표는 딱 2장뿐이다. 난 이 우표를 선뜻 보내기가 망설여졌다. 다시 구하기가 어려울 것 같아서다. 그러나 들꽃 할머니가 보내준 들꽃 봉투가 내게 얼마나 큰 기쁨이었나를 생각하니 아까울 것이 없었다. 미련 없이 부쳐 드렸다.

다시 편지가 날아왔다. '고향의 봄' 우표를 보내줘서 고맙다고 하면서, 한 소년의 이야기를 썼다. 지금은 감옥에 있지만 목사가 되기 위해 대입검정고시를 준비하고 있다는 소년의 이야기를.

들꽃 할머니께 보내준 우표를 소년에게 부쳐주셨다고 한다. 우표를 받은 그가 무척 좋아하더란다. 그 중에도 '고향의 봄' 우표가 너무나 예뻐서 보고 또 본다는 것이다. 그가 하도 그 우표를 좋아하기에 더 얻어주고 싶어서 내게 부탁했다고 한다. 들꽃 할머니의 편지를 읽고, 가슴이 저려왔다. 우표를 받고 기뻐하는 감옥의 소년을 떠올려 본다. 우표를 그렇게 좋아하는 소년이라면 심성이 고울 텐데,

어쩌다가 무슨 죄를 짓게 되었는지 안타까웠다.

또한 내가 보낸 여러 종류의 우표 중에서, 왜 그는 '고향의 봄' 우표를 받고 그토록 기뻐했을까. 어린 시절 고향 마을의 뒷동산에서 풀피리를 불던 추억이 생각나서일까. 활짝 핀 살구꽃 속에서 피리를 부는 초동의 자유가 부러워서일까. 그의 꿈도 어느 날, 복사꽃처럼 활짝 피어나리란 희망을 느낄 수 있어서일까.

그는 내가 보낸 우표에서 새로운 용기를 얻었나보다. 지금은 비록 어두운 감옥에서 죗값을 치르고 있지만, 좌절하지 않고 꿋꿋하게 살아나가리란 다짐과, 언젠가는 그의 소원대로 훌륭한 목사가 되어 세상의 소금 역할을 하리란 확신도.

우체국을 보면 그냥 지나치지 못한다. 새로 나온 우표가 있나 알아보기 위해 발걸음을 빨리 한다. 편지를 부치러 올 때보다 더 행복하다. 내가 보내는 우표가 모두 복사꽃 우표가 되어 그 소년에게 기쁨과 희망을 안겨 준다면, 그보다 좋은 일이 또 있으랴.

우표를 사기 위해 창구에 돈을 내민다. 여직원이 우표를 내어 주며 밝게 웃어 보인다. 마치 이 우표가 외로운 소년에게 기쁨이 되리라는 걸 아는 듯. 우체국 문을 나서며 나도 웃는 얼굴이 된다.

삶의 굴곡은 다양하다.
길처럼, 산의 윤곽처럼.

• 알베르 베갱 •
| *Albert Berger* 1901~1957 ; 스위스의 문학비평가 |

● 알랭 | *Alain* 1863~1951: 프랑스의 철학자.
그의 저서는 수세대에 걸쳐 독자들에게 심대한 영향을 미쳤다. 대학에서 철학을 전공하고 루앙 등 여러 도시의 리세에서 가르쳤는데, 루앙에서 교사를 할 때 정치에 관여하게 되었고, 급진적인 신문에 600단어짜리 짧은 글을 매일 기고하기 시작했다. 문학적으로 높은 수준의 그의 글들은 곧 많은 사람들의 관심을 끌게 되었고, 이 글들을 모아 책으로 출판되었으며, 고전으로 인정받게 되었다. 노령과 질병으로 더 이상 가르칠 수 없게 되자 파리 근처의 한 작은 집에 은거하고 그곳을 방문하는 제자들을 맞았다. 1951년 프랑스 문학대상을 받았는데, 그는 이 대상의 첫 번째 수여자였고 그가 받기로 동의한 유일한 영예였다.

우리들은
행복이라는 물건을 만들 수 있는
재료와 힘을 가지고 있는데

우리들은 행복이라는 물건을 만들 수 있는
재료와 힘을 가지고 있는데
그것을 돌보지 않고
만들어져 있는 행복을 찾고 있다.
그러나 행복이란 파는 물건이 아닌 이상
실 수 없다는 것을 알아야 한다.

• 알랭 •

그를 처음 만난 것은 작년 가을이었다. 성당에 가려고 나왔다가 그만 버스를 놓쳤다. 미사 시간에 늦을까봐 초조하게 기다리고 섰으려니 봉고차 한 대가 달려온다. 손을 들자, 다행히도 봉고차는 날 태워주었다. 차에 오르니 십자고상이 눈에 들어왔다. 성당에 나가느냐 했더니, 그렇다며 웃어 보인다.

운전을 하는 게 이상하지 않느냐는 남자의 말에 운전석을 보았다. 정말 이상했다. 브레이크며 기아변속 장치에 줄을 매달고, 양손으로 그 줄을 잡아 당겼다 놓았다 하면서 운전을 하는 거였다. 두 발은 전혀 움직이지 않고. 군대에서 훈련을 받다가 다쳐서 하반신 마비가 되었단다. 그제야 그의 두 다리가 왜 미동도 안 했던가를 이해했다. 그나마 두 손은 멀쩡해서 이렇게 운전도 하고 꽃도 만드니 얼마나 감사한지 모른다고 그는 말한다.

차안을 둘러보니 조화가 심어진 화분이 꽉 차 있다. 생활수단으로 꽃을 만들고 차에 싣고 다니며 판다는 것이다. 성당 앞에 차가 멈췄을 때, 비로소 난 화분 하나를 사지 못한 아쉬움에 젖었다. 미사 중에 형제님을 위해 기도하겠다는 덕담으로 아쉬움을 대신하며 헤어졌다.

그 남자를 두 번째 본 것은 어제 성당에서다. 주일 낮 미사를 드리고 나오는데, 성당 마당에서 휠체어에 앉아 있는 그가 보였다. 성모상 밑에 조화 화분을 진열해놓고 팔고 있었다. 내가 다가서자 지난번 미사 때 늦지 않았느냐고 묻는다.

날 알아보는 사람이 생기다니. 눈물이 핑그르르 돌아 우정 화분에 눈길을 주며 이것 저것 고르는 척했다.

이상하게도 사람들은 날 알아보지 못한다. 생김새도 목소리도, 게다가 이름마저 너무나 평범해서인지, 학교 다닐 땐, 담임선생님마다 내 얼굴을 잘 몰랐다. 새 학기만 되면 어느새 눈에 띄는 친구들이 몹시 부러웠다. 특이하게 잘 하는 것도 없고, 웃고 떠들지도 않는 얌전한 학생으로만 알 뿐, 모두들 그저 우리 반 아이라는 것만 잊지 않으면 다행이었다.

사회에 나와서도 마찬가지였다. 사람들의 기억 속에 오래 머물지 못하고, 쉽게 잊혀지는 것은 무슨 이유일까. 내 나름대로는 성의를 보였는데도, 뒤돌아서면 잊어버리는 사람들이 때론 야속하게 느껴지기도 한다. 그래서 난 새로이 사람을 만나는 일에 두려움마저 느꼈다.

그는 어떻게 날 알아보았을까. 기억이란 사람이 경험한 것이 잊혀지지 않고 남아 있는 것이다. 체험의 전부가 아니라 특별히 인상적이었던 것만이 각인된다고도 한다.

그를 위해 기도하리란 내 말이 그에게 따뜻하게 전해졌나 보다. 나의 그 말을 믿고 싶었던 걸까. 나의 말은 장애인으로 살아오며 느꼈던 그의 외로움에 위로가 되었는지도 모른다. 그래서 나를 잊지 않고 기억하고 있었는지도.

나를 기억해주지 않은들 어떠랴. 내가 먼저 마음을 주는 거다. 진실한 마음을 열어 보일 때 언젠가는 그들도 날 알아볼 것이다.

하느님은 큰 나라를 보면
싫증을 내지만
갸냘픈 꽃을 보면
조금도 슬퍼하는 법이 없다.

• 타고르 •
| *Devendranath Tagore* 1817~1905 ; 근대 인도의 철학자 |

● 헬렌 켈러 | *Helen Adams Keller* 1880~1968; 미국의 교육자 · 저술가. 심한 병을 앓은 후 19개월 되던 때 시각과 청각을 잃었다. 6세 되던 해부터 앤 설리번이 그녀를 가르치기 시작했다. 많은 책을 저술했으며, 〈나의 삶〉, 〈헬렌 켈러의 비망록〉 등이 있다. 앤 설리번의 가르침을 받았던 헬렌 켈러의 어린시절은 윌리엄 깁슨의 희곡 〈기적을 일으킨 사람〉에 묘사되어 있는데, 이 희곡은 1960년에 퓰리처 상을 받았고 1962년에 영화화되었다. 시각장애자이면서 청각장애자였던 그녀의 교육과 훈련은 장애인 교육에 있어서 특출한 성취로 받아들여지고 있다.

그들은 내 눈을 앗아갔지만
나는 밀턴의 천국을
기억합니다

그들은 내 눈을 앗아갔지만 나는 밀턴의 천국을 기억합니다.
그들은 내 귀를 앗아갔지만 베토벤이 찾아와
내 눈의 눈물을 닦아주었습니다.
내 혀도 앗아갔지만 나는 어렸을 적 하느님에게 감사드렸습니다.
그분은 그들이 내 영혼을 앗아가는 것은 허락지 않으셨습니다.
그리고 나는 내 영혼을 잃지 않았기에
그 모든 것을 가진 것이나 다름없습니다.

• 헬렌 켈러 •

내가 근무하는 진료소의 한적한 마을에 어느 날 그녀가 나타났다. 요란한 오토바이 소리와 함께였다. 중년의 남자는 그 여자를 태우고 시골 구석구석을 누비고 다녔다. 나중엔 오토바이 소리만 들어도 두 사람이 바람처럼 지나간다는 걸 알 수 있었다.

평화로웠던 산촌이 갑자기 술렁대기 시작했다. 두 사람에 대한 소문이 돌았다. 처음엔 애인 사이라고 하더니, 가정이 있는 남자와 여자라고 했다. 풍문은 눈덩이처럼 커져서 빚쟁이들에게 쫓겨 도망 다니는 사람들이라고도 했다. 어딜 가나 꼭 붙어 다니는 두 사람을 보고 은근히 부러워하는 아낙네들도 있었다.

하루는 진료소에 그녀가 찾아왔다. 귀에 익은 오토바이 소리가 난 후였다. 나는 그녀가 달갑지 않았다. 그녀의 난데없는 등장으로 조용한 마을이 벌집을 쑤셔놓은 듯 시끄러웠으니까.

"혈압을 좀 재러 왔어요."

그녀는 몸이 작았고, 목소리도 모기 소리만 했다. 병색이 짙은 얼굴이었다. 여인은 가끔씩 진료소에 와서 혈압을 재고는 아무 말 없이 가만히 앉아 있다가 가버리곤 했다.

어느 날, 그녀는 혈압을 재고도 한참을 앉아 있었다. 울고 있는 것 같기도 했다. 그러던 그녀가 말문을 열었다.

"자궁암 말기예요. 병원에서 가망이 없다고 했어요. 그 남자가 약 초를 캐 먹인다고 여기로 데려왔어요. 저 사람 아니면 벌써 죽었어 요."

나는 머리를 한 대 얻어맞은 것 같았다. 그랬었구나. 그래서 남자 는 날이면 날마다 오토바이를 타고 산으로 들로 헤맸던 거구나.

"다음에 놀러 와요, 얘기 좀 하게."

나는 그 말밖에 하지 못했다. 그녀는 내 말에 아무런 대답도 없이 그냥 가버렸다.

그 후 그녀는 진료소에 통 들르지 않았다. 나는 그녀의 집을 수소 문하여 찾아갔다. 그러나 이웃 사람에게서 이런 말을 들었을 뿐이 다.

"그 사람들 떠났어요."

나는 쓸쓸히 발길을 돌려 진료소로 돌아왔다. 그들이 탄 오토바이 소리는 더 이상 들려오지 않았다. 바람결에도 그녀의 소식은 묻어오 지 않았다.

그 사람들에 대한 기억은 마을에서 차츰 옅어졌다. 떠돌다 간 흰

구름처럼 머물렀던 흔적도 없이 사라져버렸다. 새삼스럽게 나 혼자만이 그녀를 추억하고 있다. 그녀는 살아 있을까. 그 남자가 캐준 약초를 먹고 병을 이겨냈을까.

마을 사람들의 추측처럼 그들이 사랑해서는 안 될 사이라 해도, 죽어가는 여인을 위해 산과 들을 헤매고 다닌 그 남자의 정성에 누가 돌을 던질 수 있으랴.

산수유나무의 노란 꽃구름 속에서 그녀가 살포시 웃고 있다. 황금빛 꽃무더기는 봄바람에 소리 없이 흩어지는데, 그녀는 새록새록 내 기억 속에서 살아나고 있다.

삶은 우리에게 이렇게 속삭인다.
사랑이란 서로 마주보는 것이 아니라
함께 같은 방향을 바라보는 것이다.

• 쌩 텍쥐페리 •
| *Antoine-Marie-Roger de Saint-Exupery* 1900~1944 ; 프랑스의 작가 |

●**안데르센** | *Hans Christian Andersen* 1805~1875: 덴마크의 동화작가. 전 세계적으로 유명한 동화를 썼으며, 희곡·소설·시·여행기뿐만 아니라 몇 권의 자서전도 남겼다. 이들 여러 작품들은 덴마크 국외에서는 거의 알려져 있지 않지만 동화만은 세계 문학사에서 가장 많이 번역되는 작품에 속한다. 빈민가에서 태어난 안데르센은 당시의 엄격한 계급 구조를 타파하고자 힘겹게 투쟁했다. 그의 동화집들은 문체와 내용에서 새로운 장을 열었다. 이야기를 엮어가는 방식에서 진정 혁신적인 작가로서 그는 구어체 관용어와 구문을 사용함으로써 문어체 문학 전통과 결별했다. 안데르센은 한 번 쓴 것을 없애는 일이 드물었기 때문에 그의 일기와 수천 통에 달하는 편지는 지금까지 남아 있다.

모든 인간의 일생은

모든 인간의 일생은
신에 의해 씌어진
동화에 지나지 않는다.

• 안데르센 •

친정어머니가 사진 한 장을 보내오셨다. 여든을 바라보는 부모님은 쉰아홉 번째 결혼기념일에 제주도엘 다녀오셨다. 기력이 없어 여행도 이번이 마지막이 될 것 같다며 비행기를 타셨다.

여행에서 돌아온 어머니가 시외전화를 했다.

"느이 아버지가 마음이 변한 거 같다. 사진 찍자고 하면 저만큼 도망가던 양반이 이번엔 먼저 찍자고 하시더라."

어머니는 꽤 여러 장을 찍었다며, 사진을 보러 오라는 거다. 직장 일로 바쁜 막내딸이 친정에 오기가 더디려니 생각하셨음인가. 어머니는 그예 확대사진 한 장을 부쳐주셨다.

제주도에서 찍은 부모님 사진은 아버지는 사모관대를, 어머니는 원삼 족두리를 쓴 잘 어울리는 신랑 신부의 모습이다. 사진을 들여다보던 난 깜짝 놀랐다. 부모님의 키가 얼추 비슷한 게 아닌가. 부모님은 키 차이가 많이 난다. 아버지는 보통의 남자보다 큰 키고 어머니는 보통 여자보다 작은 편이다. 두 분이 나란히 서면 왠지 어색하게 보이던 것은 아마도 키 차이 때문이 아니었는지. 그래서였나, 아버지는 어머니와 외출하는 것을 꺼려했다. 불가피하게 동행할 일이 생기면 5미터쯤 앞서 갔다. 어머니는 아버지의 큰 걸음을 놓칠세라 종종거리며 따라 가곤 했다.

지금도 잊혀지지 않은 두 분의 모습이 있다. 추운 겨울이었다. 꽁꽁 언 비탈길에서 어머니가 장고를 들고 내려갔다. 넘어질까봐 조심조심 걷는 모습이 안쓰러웠다. 어머니 몸집에 장고는 왜 그리 크게 보이던지. 아버지는 몇 걸음 앞서서 휘적휘적 걸어갔다. 아버지가 뒤돌아보고 장고를 들어주시려나 기대했지만, 아버지는 끝내 앞서 가고 말았다. 정작 당신이 칠 장고인데도.

훤칠한 키에 인물 좋은 아버지는 장고를 잘 치고 소리도 잘했다. 그래서일까. 따르는 여자들이 많았다. 어머니는 무던히도 속을 태우며 살아야 했다.

사진을 자세히 들여다보았다. 내 시선이 아버지의 발치에 버무는 순간, 난 그 이유를 알 수 있었다. 아버지는 어머니가 서 있는 자리에서, 훨씬 아래쪽의 바위 돌에 서 계신 것이 아닌가. 그래도 당신의 키를 더 줄여야 한다고 생각하셨을까. 무릎도 약간 굽힌 모습이다. 아버지가 내려 선 모습이 어색하지 않음은, 두 분의 발치에 그늘이 진 때문이다. 두 분의 모습이 잘 어울린다. 평생을 그렇게 보기 좋게 살아온 부부처럼.

어머니의 키에 맞추려고, 어머니보다 한 단계 낮은 곳에 서 있는 아버지. 그것도 부족해서 무릎까지 굽힌 아버지. 당신도 이젠 늙으셨구나 싶어 코허리가 시큰해온다.

사진을 보고 또 본다. 사모관대에 원삼 족두리의 늙은 신랑 신부도 앙코르 결혼식을 올린 것이다. 벌쭉벌쭉 웃는 신랑은 아니어도, 화사하게 웃는 신부는 아니어도, 두 분의 엷은 미소 또한 용서와 화해의 표시가 아닐지.

이제 어머니는 더 이상 종종걸음으로 아버지를 따라 나서지 않아도 될 것이다. 키 차이가 많이 나는 어색한 모습의 사진을 찍지 않아도 될 것이다. 아버지는 걸음걸이를 천천히 하여, 어머니와 나란히 걸을 테니까. 아버지는 당신의 키를 낮춰 어머니와 잘 어울리는 사진을 찍을 테니까.

그러나 연세가 높으신 부모님이다. 앞으로 몇 번이나 더 나란히 걸어서 나들이를 하실지. 몇 번이나 더 자연스런 사진을 찍게 되실지…….

낙천가는 온갖 실패나 불행을 겪어도
인생에 대한 신뢰를 포기하지 않는 사람이다.
그들은 대부분 훌륭한 어머니 품에서 자란 사람이다.

• 앙드레 모루아 •
| *Andre Maurois* 1885~1967 ; 프랑스의 전기작가 · 소설가 |

● 쌩 텍쥐페리 | *Antoine-Marie-Roger de Saint-Exupery* 1900~1944;
프랑스의 비행사 · 작가.
시인의 눈으로 모험과 위험을 바라본 그의 작품들은 조종사이자 전사戰士
인 작가의 독특한 증언을 담고 있다. 몰락한 귀족 가문 출신으로, 가난한
학생이었던 그는 해군사관학교 입학시험에 떨어졌다. 군복무 동안 조종사
면허를 땄고, 1926년 툴루즈의 라테코에르사社에 들어가 아프리카 북서
부와 남대서양 및 남아메리카를 통과하는 항공우편항로를 개설하는 데
이바지했다. 그는 비행에서 영웅적 행위의 원천과 새로운 문학적 주제를
발견했다. 〈어린 왕자〉를 통해 그는 인생에서 가장 좋은 것은 역시 가장
단순한 것이고 진정한 재산은 남에게 주는 것이라는 사실을 부드러우면
서도 진지하게 상기시켜준다.

자신의 무게를 견뎌내는
선박이라면

자신의 무게를 견뎌내는 선박이라면
어떠한 대양이라도 헤쳐나갈 수 있다.

• 쌩 텍쥐페리 •

시골 분교에 오색기가 펄럭입니다. 30여 명의 아이들이 씩씩하게 운동장을 달립니다.

유별난 몸짓으로 신나게 발을 구르는 아이가 있습니다. 정수는 지능이 좀 떨어지는 아이입니다. 말을 제대로 한 것도 지난해부터였습니다. 엄마는 신체적 불구로 아이를 키우지 못할 상황입니다. 할머니가 데려와 키우는데, 그 지극 정성이 눈물겹습니다. 눈의 초점이 흐리고, 말을 못하는 손주를 사람 만들어 보겠다고 일주일에 한 번씩 서울 병원으로 데리고 다녔습니다. 병원비에 교통비에 조합의 빚만 늘어나지만, 할머니는 비가 오나 눈이 오나 손주랑 서울을 오르내렸습니다.

할머니의 정성이 하늘에 닿았을까요? 기적처럼 아이의 말문이 트이기 시작했습니다. 아이에겐 특징이 있습니다. 한 번 말을 하면 그 말을 반복해서 합니다.

어제 오후, 정수는 학교에서 집으로 가다가 진료소에 들렀습니다.

“소장님, 태극기 사 주세요.”

“어떤 태극기?”

할머니가 옆에서 설명을 합니다. 학교에 태극기를 준비해 가야 하는데, 읍내에 못 간다니까 태극기 타령을 하는 거라고요.

정수와 약속했어요. 소장님이 퇴근하고 읍내에 가서 꼭 사다 주겠다고요.

아이는 계속해서 말을 하고 또 합니다. 태극기 꼭 사올 거예요? 태극기 꼭 사올 거예요?

읍내의 아는 초등학교 선생님한테 전화를 했지요. 마침 운동회 때 쓰고 남은 태극기가 있다고 합니다. 퇴근하고 읍내에 나가 태극기를 받아 왔어요. 약속을 지키기 위해 깜깜한 밤에 산길을 걸어 정수네 집으로 갔습니다. 정수네는 마을에서 멀리 떨어져 있습니다. 외딴 집이라 가로등도 없습니다. 아직도 불을 때서 밥을 짓고, 세수는 바깥 마당에서 해야 하는 가난한 집입니다.

“정수야, 소장님이 태극기 갖고 오셨다.”

할머니 말에 정수는 펄쩍펄쩍 뛰며 좋아합니다.

“태극기다. 대극기다. 태극기다.”

자그마한 깃발 태극기가 아이의 손에서 춤을 춥니다.

돌아오는 산길엔 기쁨이 앞장서서 걸었습니다. 태극기를 손에 쥐고 잠이 들 정수의 모습이 보였기 때문입니다. 깜깜한 산길엔 무서

움도 두려움도 없었습니다.

오늘 아침, 분교에서 퍼져나오는 힘찬 음악 소리와 함께 태극기를 든 정수가 할머니랑 진료소에 들렀습니다. 아이의 얼굴엔 자신감이 넘쳤고, 할머니 손엔 작은 보따리가 들려 있습니다. 갓 따온 호박이랑 고추가 보퉁이에서 쏟아져 나옵니다.

험한 언덕을 오르기 위해서는
처음부터 천천히 걷는 것이 필요하다.

• 세익스피어 •
| *William Shakespeare* 1564~1616 ; 영국의 시인 · 극작가 |

● 헨리 데이빗 소로 | *Henry David Thoreau* 1817~1862; 미국의
수필가, 시인, 실천적 철학자.
겉으로 보면 소로는 쓸쓸한 실패의 삶을 살았다. 이웃사람들과 너무 허물
없이 지내 체면을 잃을 정도였다. 〈콩코드와 메리맥 강에서 보낸 1주일〉
이 220부밖에 안 팔리자 출판업자는 나머지 700권을 그의 문 앞에 쌓아
놓았고 그는 출판비용을 물어야 했다. 그의 생전에 출판된 두 번째이자
마지막 책 〈월든 : 숲속의 생활〉은 판매사정이 그보다는 나았으나 2,000
부가 팔리는 데 5년이나 걸렸다. 그러나 지금 소로는 미국의 고전작가이
자 문화적 영웅으로 추앙받는다. 걸작 〈월든 : 숲속의 생활〉에서 다룬 초
절주의 원칙대로 살면서 평론 〈시민의 반항〉에서 주장한 대로 시민의 자
유를 열렬히 옹호한 것으로 유명하다.

내가 날마다
생활하는 가운데 얻는
진정한 양식은

내가 날마다 생활하는 가운데 얻는 진정한 양식은
여명이나 석양의 빛깔처럼
손에 쥘 수 없고 또 설명하기 어렵다.
그것은 작은 별 조각이기도 하고,
무지개 한 자락이기도 하다.

• 헨리 데이빗 소로 •

야트막한 산속에 70대 노부부가 살고 계신다. 우리 마을에서 전기가 들어오지 않는 유일한 집이다. 아침엔 아궁이에 장작불을 때서 밥을 하고, 밤엔 양초에 불을 켜고 지내는 집. 호랑이 담배 피던 시절의 이야기 속이나 오래된 TV 드라마에나 나올 법한 집이다.

그 집 어르신들은 무릎이 약해서 마을에 내려오는 경우가 드물다. 나는 일주일에 한 번씩 방문 보건 가방을 들고 어르신들을 찾아뵙는다. 내가 들어서면 할머니는 버선발로 나와 반겨준다. 인적이 드문 곳이라 일주일 내내 사람구경을 못할 때도 많다고 하면서.

어느 해던가, 가정방문을 가던 첫 날 화롯불 밥을 먹었다. 가는 날이 장날이라고 할머니는 점심밥을 짓는 중이었다. 화로 위에 올려진 조그만 솥에서는 밥이 끓고 있었다. 전기밥솥이나 가스 불에만 밥을 하는 줄로 알았던 나는 화롯불에서 밥이 된다는 것이 신기해서 한참을 들여다보았다.

무쇠로 만든 앉은뱅이 화로는 납작하니 펑퍼짐하면서 몸통은 검은 빛을 띠고 있다. 화로 안엔 아궁이에서 장작불을 지피고 남은 숯불이 담겨 있었고, 그 위엔 밥솥과 물주전자가 폭폭, 소리를 내며 끓고 있었다. 화롯불은 가스 불처럼 활활 타오르지도 않는다. 꺼질 듯한 숯불은 금방이라도 재가 될 것만 같은 데, 그 속에서 밥이 끓고 찻물이 끓는다.

은은한 화롯불에서 밥이 되려면 시간이 좀 걸린다. 우물가에서 숭늉을 찾는 성질 급한 사람들은 기다리다가 지쳐서 가스 불을 찾아 나설지도 모른다. 그러나 은근히 참았다가 먹는 화롯불 밥은 지루한 기다림을 어느 결에 눈 녹듯 사라져버리게 만든다. 기름이 자르르 흐르는 구수한 밥맛은 여느 밥솥의 맛과 비길 수가 없다.

꽃다운 열여섯 살에 시집을 왔다는 할머니는 60여 년을 한결같이 화로를 끼고 살았다고 한다. 가마솥에 불을 때서 아홉 식구의 밥을 하였고, 겨울이면 화로에 숯불을 담아서 방안에 들여놓았다. 늦게 들어오는 식구들을 위해 화롯불에 찌개 냄비를 올려놓았으며. 고구마나 밤을 구워 먹기도 했다고.

할머니는 부젓가락으로 화로의 불씨를 다독다독 재로 덮는다. 나는 불씨가 잿더미에 눌려 꺼져 버릴까봐 쇠꼬챙이로 불씨를 파헤쳤다. 할머니는 내가 헤쳐 놓은 불씨를 다시 재로 덮으며, 불씨를 젖혀 놓으면 불이 쉬 사그라진다고 하신다.

할머니는 화로 가장자리를 행주로 닦아내며 이야기보따리를 풀어놓았다. 한평생을 살아오면서 잘한 게 딱 하나 있다고. 시집 와서 60여 년 동안 불씨를 한 번도 꺼뜨리지 않은 거라고. 남편이나 자식들이 속을 썩여도 이를 깨물고 부엌으로 나가 밥을 짓고 화로에 불씨를 담았다는 할머니. 불씨는 할머니를 지탱시킨 눈에 보이지 않는 결혼의 끈이자 신앙이었다.

화로 속에서 꺼져버릴 것만 같은 불씨는 잿더미 속에 묻혀 있으면서도 여전히 살아 있다. 동틀 무렵, 할머니는 화로를 들고 부엌으로 나가 아궁이에 불을 옮겨 붙이실 것이다. 저녁이면 또 화로에 불을 담아 방으로 들여가고. 찌개 냄비를 올려놓지 않아도 되는 화로는 기다릴 사람 하나 없는 긴긴 겨울밤을 외롭게 지새울 것이다. 때로 잠 못 드는 할아버지와 할머니가 일어나 앉아 화롯불에 손을 쬐면서 두런두런 이야기를 나누는 밤엔 화로도 심심하지 않을 것이다.

장작불이나 전기난로, 석유나 가스 불처럼 단번에 화기가 세지는 않아도, 한참을 쬐여도 뜨겁지 않고 골고루 기분 좋게 따뜻해지는 화롯불…. 서로의 허물이나 미움을 끄집어내어 탓하지 않고, 미운 정 고운 정으로 다독이며 사랑의 불씨를 간직하는 화롯불 같은 사랑…. 할머니 할아버지의 화롯불은 영원히 꺼지지 않는 불씨로 남아 오래도록 두 분을 지켜주기를 바라며 나는 가방을 챙겨 일어났다.

불평과 거짓말은 나 자신을 약하게 하는 방법이다.
강한 사람은 불평을 입에 올리지 않는다.
구멍난 자기 집 앞을 불평과 거짓말로 메우지 말고
진실로 메워나가야 한다.

• 체스터필드 •
| *Chesterfield* 1694~1733 ; 영국의 정치가, 문학가 |

●소피아 로렌 | *Sophia Loren* 1934~   ; 이탈리아의 영화배우.
사생아로 태어나 나폴리 교외의 가난하고 전쟁으로 황폐해진 동네에서
어린 시절을 보냈으나 15세 때부터 모델 겸 단역 영화배우로 활동하게
되었다. 희극 〈나폴리의 황금〉에서 오페라를 각색한 〈아이다〉에 이르기까
지 수십 편의 다양한 영화에 출연하여 유럽에서 명성을 떨치고 마침내 국
제적인 인기배우가 되었다. 정열적이고 세속적인 여성 역으로 특히 유명
하다. 처음에는 균형잡힌 몸매 때문에 주목을 끌었으나 이후 정서적 깊이
를 지닌 재능 있는 여배우로 인정받았다. 비토리오 데 시카가 감독한 영
화 〈두 여인〉에서 전시戰時 이탈리아의 한 10대 소녀의 헌신적인 어머니
역으로 아카데미상을 수상하여 여배우로서 큰 명성을 얻었다. A. E. 호치
너가 쓴 〈소피아의 삶과 사랑〉이 1979년 출판되었다.

실패에 건배!

실패에 건배!
당신이 지금까지 경험할 수 없었던 인생의 깊이를
바로 그때 배우기 때문이다.

• 소피아 로렌 •

지난 연말에 만들었던 크리스마스 트리를 분해한다.

어린애 같은 마음으로 풀칠을 하며 만들던 트리. 리본, 색종이, 방울, 등 장식용품을 하나하나 떼어낸다. 상록수만 남았다. 상록수 아래에는 몇 묶음의 서류가 쌓여 있다. 해가 바뀌면, 크리스마스 트리에 이어 문서들을 정리 하는 게 순서다. 가정방문대장을 비롯하여 방문보건 서비스에 관련된 각종 문서들이 납작 엎드려 자기 차례를 기다리고 있다. 서류마다 펀치로 구멍을 내고 까만 철끈으로 묶어서 두툼한 겉표지로 단단하게 싼다. 지난 일 년 동안 나를 찾아오고 내가 찾아갔던 사람들의 기록이 하얀 도화지에 싸여 수십 권의 책이 되어 있다.

'말하기 전에 두 번 생각하라' 는 속담이 있다. 그동안 한 사람 한 사람을 대할 때마다 그들의 아픔이나 어려움을 두 번씩 생각하고 말했는지. 바쁘다고 귀찮다고 그들의 진지한 호소를 대충 흘려듣지는 않았는지. 서류철을 다시 들춰보며 나를 돌아본다.

시험지를 채점하듯 문서들을 살핀다. 빨간 줄이 여러 군데 보인다. 작년에 하늘나라로 떠난 사람들이다. ㅈ할머니의 이름에 시선이 멎는다. 가정 방문 약속을 했는데도 집을 비울 때가 더러 있었다. 어느 땐가도 집에 문이 잠겨 있어 허탕을 치고 돌아가는데 읍내를 다녀오던 할머니를 만났다. 약속을 안 지키시니까 다음부터는 안 올 거라고 말했다. 내가 전화를 걸 줄 몰라. 미안하게 됐어. 할머니는 모기 소리만하게 말하셨다. 글을 못 읽고 숫자를 모르는 분이라는 걸 나는 미처 알지 못했다.

ㅂ할머니 이름도 보인다. 내가 국수를 좋아한다고 갈 때마다 국수를 말아주던 할머니. 국수가 불으면 맛이 없다며, 가스 불에 물을 올려놓고 대문간에 앉아서 나를 기다리곤 하셨다. 내 모습이 보이면 부리나케 부엌으로 들어가 쫄깃한 국수를 삶아 내오셨지. 돌아가시기 보름 전에도 할머니가 만들어준 국수를 먹었는데…….

어르신들은 나와의 약속을 지킬 수 없게 되었을 때, 전화통을 옆에 두고도 전화를 하지 못했다. 아픈 몸을 억지로 끌고 문가에 나와 앉았다가 내게 맛있는 국수를 먹이려고 애를 쓰기도 했다. 그분들의 말 못할 사정과 속 깊은 마음을 진작에 알았더라면 말 한 마디라도 더 따뜻하게 해드렸을 텐데. 지금은 두 분 모두 하늘에 계시지만, 나와 함께했던 기억들은 종이 위에 글씨로 남겨져 살아 있다. 볼펜 자국은 세월이 지나면 희미해지겠지만, 마음에 새겨진 추억은 두고두고 잊혀지지 않을 것이다.

해마다 새해가 되면 몇 가지 다짐을 새롭게 한다. 며칠이 지나면 흔적도 없이 사라지고 말 결심을. 내년에 나는 또 다시 묵은 서류들을 정리하며 이런 상념에 젖을 것이다. 눈에 보이는 몇 번의 오해로 상대방을 단정짓고 서운하게 대했던 기억. 누군가의 호의를 한 번 더 감사하게 생각하지 않고 그냥 당연하게 받아들였던 기억들.

새해 첫날이다.

나는 오늘 두 가지 일을 하고 있다. 지난해 나와 함께했던 크리스마스 트리와 묵은 서류들을 차분하게 정리한다.

크리스마스 트리는 로마의 설날이었던 1월 1일에 자기 집을 푸른 나무로 장식하고, 사람들에게 선물을 준 것에서 유래되었다고 한다. 내가 돌보아야 할 사람들은 거의가 몸이 아프고 마음이 외로운 사람들이다. 그들의 말을 한 번 더 들어주고 한 번 더 생각하고 대하자는 각오를 다지기 위해 나는 상록수를 바라본다. 내 마음에 한 그루의 상록수를 심는다. 이번 결심도 흐지부지되어 햇볕에 녹는 눈사람처럼 사라지지 않기를. 내년엔 서류를 묶을 때, 내가 채점한 시험지에서 이런 아쉬움과 후회가 없게 되기를.

어떠한 재주꾼이라도
자기 자신을 위하여 이미 지나가버린 시간을
다시 새겨줄 시계를 만들 수는 없을 것이다.

• 찰스 디킨스 •
| *Charles John Huffam Dickens* 1812~1870 ; 영국의 소설가 |

슬픔은 버릴 것이 아니다

가장 중요한 것은 나의 내부에서 빛이 꺼지지 않도록

참다운 정열은 아름다운 꽃과 같다

사랑받는 일은 불타오름에 지나지 않으나

인생의 최초 사십 년은 네게 텍스트를 준다

노래 부르기를 스스로 즐거워하기 전에는

동물 만큼 기분 좋은 친구도 없다

사랑했다가 잃은 것은

내 마지막 인사는

4 모든 구름에는
은빛 자락이 있다

● 로댕 | *Auguste Rodin* 1840~1917; 프랑스의 조각가.
20세기 초에 로댕은 전 세계에 널리 알려져 현대의 미켈란젤로이자 조각
의 거장 또는 비범한 천재성의 화신으로 오랫동안 추앙받았다. 웅대한 청
동상과 대리석상으로 유명하며, 조각사에서 가장 뛰어난 초상 조각가로
평가된다. 당시 파리에 세워질 장식미술관에 놓기 위해 1880년에 의뢰받
아 제작한 〈지옥문〉은 미완성인 채 남겨졌지만, 그중에는 그의 유명한 역
작인 〈생각하는 사람〉, 〈입맞춤〉이 들어 있다. 초상 조각들로는 빅토르 위
고와 오노레 드 발자크의 기념상들이 있다.

슬픔은
버릴 것이 아니다

슬픔은 버릴 것이 아니다.
우리가 살아 있는 한
이것은 빛나는 기쁨과 같을 정도로
강력한 생활의 일부이다.
슬픔이 없다면 우리들의 품성은
지극히 미숙한 단계에 머물고 말 것이다.

• 로댕 •

월 화 수 목 금 토 일 매일이 꽃요일인 도심 속의 꽃
가게 화요일花曜日.

눈이 크고 키가 훌쩍한 미남형의 청년이 문을 밀고 들어온다. 군
말 없이 이러저러한 꽃바구니를 만들어 달라는 주문만 한다. 그리고
는 밖을 향해 돌아서서 길거리의 흐름만을 바라본다.

보통의 경우는 요구도 많고 질문도 많다. 꽃바구니의 크기는, 장
미는 몇 송이나, 색깔은 화려하게 혹은 고상하게 등등. 그런데 이 사
람은 아무런 말이 없다. 없을 뿐만 아니라 어딘지 모르게 우울해 보
인다. 뭔가 사연이 있을 것이라는 느낌이 전해 온다. 좀처럼 입을 열
것 같지 않다. 용도를 알아야 그것에 맞게 만들 수 있다며 어디에 쓸
것인지를 물었다. 병원 영안실에 갖다 놓을 것이라고 한다. 물을 수
밖에 없었지만 순간적으로 후회가 된다.

주면서 기분 좋고 받아서 황홀한 선물. 그런 것 중의 하나가 꽃이
아닐까. 그래서 그런지 꽃을 주고받는 경우는 흔히들 좋은 것만 연

상한다. 사랑하는 사람끼리 영원한 약속으로 또 아쉬움을 남기는 이별일 때 그리고 액수로 환산할 수 없는 감사의 표시 등. 하지만 이렇게 슬픔의 표시도 꽃으로 나타내야 할 때가 있다.

정말 귀여운 아이였다고 한다. 백혈병을 앓고 있었는데 조금 전에 저 세상으로 보내고 오는 길이라고 한다. 홀어머니와 단 둘이 사는 생활보호대상자였다는 것이다. 여러 아이째 보내지만 이 아이처럼 가슴 아프기는 처음이라고.

투병을 하다가 가는 사람들 대부분이 처절하고 불쌍하지만 백혈병은 특히 더 그렇다. 백혈병에는 소아환자가 많기 때문이다. 발병 초기에 부모들의 놀람과 당황에서부터 약물치료와 골수이식, 수술 실패, 재발, 재입원을 계속하는 동안 아이들도 두려움과 절망, 좌절을 거치며 인생을 알아간다. 영리한 아이들은 어른들의 아픔까지 헤아려 자신의 절망을 숨기고 일부러 어리광을 부리며 명랑을 가장하기도 한다.

지금 이 아이는 겨우 초등학교 2학년이란다. 자기의 갈 때를 알았는지 학교 친구와 엄마, 그리고 담당 의사를 병실로 불러 유언을 하는데, 친구들에게는 자기를 영원히 잊지 말라는 당부를, 의사 선생님에게는 병이 낫지 못해 죄송하다고, 엄마 손을 잡고는 '누가 우리 엄마에게 돈 좀 안 갖다 주나' 라며 한숨을 푹 쉬더란다. 커서 돈을 많이 벌어 전부 엄마를 드리겠다는 말을 입에 달고 있었던 아이였다. 돈이 없어 검사를 받지 못하거나 약을 타지 못해 원무과에서 울며 하소연하던 엄마가 떠올라서 그랬을 것이다.

어린것의 영정 앞에 놓을 꽃을 내 손으로 꽂아야 하다니 가슴부터 미어진다. 손끝이 헛갈리고 눈앞이 흐려온다. 조그만 것이 자신의 생명이 다 한 것을 알고 얼마나 기막힌 심정이었을까. 친구와 어머니, 의사선생님, 주변의 모두는 그냥 살아가는데…….

마지막 순간이 오자 청년의 옷자락을 부여잡고 그때까지의 의연함은 간데없이 "죽기 싫어, 살고 싶어!" 외치며 울더니 숨을 거두더라고 한다. 젊은이가 붉어진 눈자위를 훔친다. 나도 일손을 놓고 덩달아 눈물을 닦는다. 그럴 테지. 살았어야 고작 십여 년의 세월이었을 텐데 죽음이 얼마나 두려웠으랴. 팔십여 생을 살고도 막상 눈을 감을 땐 무서워 발버둥을 치며 간다는데.

내가 살아 있다는 게 그 아이에게 괜스레 죄스럽다. 꽃바구니가 얼마짜리이며 어느 정도의 꽃을 꽂아야 타산이 맞는지의 개념이 이미 사라졌다. 가장 예쁘게 핀 꽃만을 골라 꽂는다. 영안실에 가는 꽃은 흰색이나 노랑이라는 사회적 통념도 소용없다. 죽은 냄새가 밴 것처럼 뻣뻣하게 억세 보이는 국화는 싫다. 눈동자가 맑고 초롱초롱한 아이에게는 아무리 장례에 쓰이는 꽃이라지만 어울리지 않는다. 장난기 어린 통통한 볼을 닮은 연분홍 장미에, 아기 숨결인 듯 조용한 안개를 곁들인다.

검은 색은 너무 참혹해서 보라색으로 리본을 접었다. 상관없겠냐는 뜻으로 그 청년을 쳐다보니, 아무 말 없이 메모지 한쪽에 'OO에게' 또 한편에는 '행복한 사람들' 이라고 썼다. 보내는 쪽이 '행복한 사람들' 이라니? 아직은 살아남은 자라서 행복한 사람이란 말인가. 평소 상대적인 행복감에 익숙해 있다 하더라도 꽃으로 명복을 비는 정서를 지닌 사람이, 더구나 어린것의 죽음에 견주어서는 이건 좀 심한 비약일 것이다. 내세에 대한 어떤 확신이 있어 행복한 사람들이란 말인가. 어쨌든 조의용弔意用 꽃바구니에는 어울리지 않는 문구다. 하지만 정성 들여 글씨를 써 주었다. 청년이 가고 난 뒤 한동안 일이 손에 잡히지 않았다. 그 아이의 죽음도 머릿속에서 떠나지 않았다.

몇 주 뒤 그 청년이 다시 花요일에 왔다. 지난번처럼 꽃바구니를 부탁하고 또 말이 없다. 이번엔 아무것도 묻지 않았다. 체한 듯 가슴이 먹먹해져서 깊은 숨을 소리 나게 내쉬며 꽃을 꽂았다. '△△에게' 라는 이름만 바뀌었을 뿐, 다른 한 쪽의 보내는 사람은 지난번과 같이 '행복한 사람들' 이다. 먹물을 찍어 글씨를 쓰려던 붓을 내려놓았다. 사적인 것에 관해서 스스로 말하기 전엔 묻지 않고 말하지 않는 것이 원칙이지만 이번은 예외로 하기로 했다.

청년은 가수였다. 매스컴 타며 무대에 서는 가수가 아니라 길거리에서 모금함을 앞에 놓고 기타치며 노래하는 사람이다. 생활보호대상자로서 소아 백혈병에 걸린 아동들을 돕는다. 그런 아이들은 대개 생활이 어려운 데다가 편부나 편모 슬하인 경우가 많아 병의 발견이 늦는다. 뿐더러 제대로 된 치료도 받지 못한다. 이 사람들과 연결이 되었을 때는 이미 치료시기를 넘긴 경우가 종종 있다. 어떤 소아 환자와 연결이 되면 정부기관이나 자선 단체를 찾아가 도움을 청한다. 때로는 독지가를 물색하기도 하지만 만나기가 쉽지 않다. 처음엔 직장을 가지고 아르바이트로 거리에서 노래하여 모금하였다. 하지만 그 정도로는 아이들 치료비가 턱없이 모자랐다. 노래하는 시간을 자꾸 늘리다 보니 본의 아니게 가수는 직업이 되었다.

한두 입 건너 소문이 나서 아픈 아이들은 자꾸 도움을 청하는데 혼자서는 역부족이었다. 뜻을 같이하는 사람들과 함께 거리에서 노래를 부르기 시작했다. '소아 백혈병 환자 돕기 후원회'는 이렇게 만들어졌다. 병들어 죽어가는 불행한 아이들에게 행복을 되찾아 주려는 사람들의 모임, 〈행복한 사람들〉이다.

그 청년 앞에 서 있기가 부끄럽다. 감히 그 앞에서 눈물을 흘릴 수 있으랴. 치료하던 아이들이 저 세상으로 갈 때마다 그는 花요일에 온다.

오늘도 그의 시선은 여전히 창밖에 머물러 있다.

나무는 그 열매에 의해서 알려지고,
사람은 일에 의해서 평가된다.

• 탈무드 •
| *Talmud* |

가장 중요한 것은
나의 내부에서 빛이
꺼지지 않도록

가장 중요한 것은
나의 내부에서 빛이 꺼지지 않도록
노력하는 일이다.
안에 빛이 있으면 스스로 밖이 빛나는 법이다.

• 슈바이처 •

딸애가 저만치 걸어간다. 첼로를 어깨에 메고 선생님 댁으로 가는 길이다. 평창동 언덕길, 일 년 만에 다시 오지만 낯설지 않다. 전에도 그랬던 것처럼 벽오동 앞에서 걸음을 멈춘다. 그동안 많이 자랐다.

나무 앞에서 기억의 실꾸리가 풀린다. 언제부터인가 아이는 성적이 떨어지기 시작했다. 말수도 줄었다. 행동이 굼떠지고 사소한 일에도 삐치거나 문을 걸어 잠근다. 천성이 밝고 매사에 적극적이던 아이가 무엇 때문에 표정조차 어둡게 변했는지. 원인을 밝혀내는 것이 어려웠다. 가슴 어딘가에 움츠려 있을 꿈과 기쁨의 끄나풀을 찾고 싶었다. 아이와 마주 앉았다. 아이는 입을 꼭 다문 채이고 시간은 어느새 자정을 넘기고 있다.

어릴 때 시골에서 봄날 싱아를 꺾던 일을 떠올린다. 밭을 일굴 때 돌이 나오면 밭가로 던진다. 해마다 거기서 돋던 싱아는 해동解凍 무렵 돌무더기의 틈을 비집으며 움을 키운다. 그러나 돌은 더 쌓이고 싱아의 힘으로는 어쩔 수 없을 만큼 돌의 무게는 더해간다. 딸의 가슴에 얹힌 돌은 꿈쩍도 하지 않았다. 아이의 어깨를 감싸 안으니 눈물이 난다. 말보다 노래의 멜로디를 먼저 흥얼거렸고, 싫고 좋음의 반응이 빠르고 매사가 분명하던 연분홍 움 싱아처럼 결 고운 성정의 아이였는데.

돈을 벌어 아이들을 기르고 학교에 보내는 것으로 부모의 역할을 한다고 생각하며 산 지난날을 돌이켜본다. 첼로를 그만두게 했던 것은 예술 고등학교의 입학시험에 떨어졌기 때문이었다. 집안에 음악을 하는 사람이 없어서 그것에 관한 정보도 어두웠고 다른 사람들처럼 열과 성을 다해 밀어붙이는 식의 과욕도 부릴 줄을 몰랐다. 본인이 열심히 해서 붙으면 좋거니와 실력이 모자라 떨어지면 인문계 고교로 가도 그만이라고 생각했다.

전공을 할 만큼 재능이 있는지 확신도 없을 뿐더러 예능교육의 경제적 뒷감당에 자신도 없었다. 세상의 많은 사람들이 살고 있는 방식대로 평범한 길을 가기를 원했다. 아이를 다그쳐 어느 목표에 이르도록 하고픈 욕심도 가져보지 않았다. 또 그렇게 한다 해도 아이의 행복과는 아무런 상관이 없을 것이라고 생각했다.

딸아이는 울음을 그치더니 속마음을 털어놓기 시작했다. 자신은 집안 식구 모두의 무관심 속에 살고 있으며 무시를 당하고 산다고 한다. 공부를 못한다고 무시 받고, 때로 성적이 올라가도 오빠와 비

교하여 대수롭지 않게 여겼는데, 그나마 첼로를 그만두니 웃을 일이 없다는 것이다. 차라리 죽어버리는 것이 더 나을 거란 생각도 한 적이 있다고 한다. 첼로를 빼놓은 자신의 인생은 상상조차 한 적이 없다는 딸과 한 마디 상의도 없이 아이의 진로를 결정해버렸으니 내가 도대체 무슨 짓을 한 것인지 모르겠다.

공부도 열심히 하고 악기도 잘해서 원하는 학교에 간다면 더 바랄 나위가 없겠지만 예고에 불합격되었다 해서 음악을 그만두어야 한다는 생각은 잘못이었다. 현재 잘하는 것은 아닐지라도 오늘보다 내일이, 내일보다 모레가 나아진다면 그것으로 족하고 감사해야 하지 않을까.

아이를 독립된 인격체로 대하여 세심한 관심을 가졌더라면 이런 일은 생기지 않았을 것이다. 아니 내가 지금보다 더 나이 들어서 이 아이를 길렀더라면 이런 실수는 저지르지 않았을지도 모른다. 일 년을 그냥 놀았는데 악기를 계속한 다른 아이들과 경쟁하여 음악을 전공할 수 있을지 걱정이었다.

가르치던 교수님은 다시 찾아온 내 아이를 데리고 연습실로 가서 오랜 시간을 보냈다. 방문을 열고나오며 '그만두기엔 너무 늦었다'라는 말로 내 염려를 일축해버렸다.

딸은 일반 고교를 다니며 남 하는 공부 다 하고 나머지 시간을 쪼

개 연습을 했다. 담 밖의 오동잎처럼 넓게 드리울 꿈을 꾸며 아이는 연습에 열심이었다. 대학입시에서 첫해는 낙방을 하고 이듬해 재수 끝에 음대 관현악과에 합격하였다.

기량이 뛰어나 어린시절부터 뜨르르 이름을 날리는 연주자들이 많다. 감히 그런 천재들과 겨뤄보려는 마음은 애초에 없었다. 무대에서 스포트라이트를 받는 독주자의 처지를 부러워하지도 않았다. 그애와 내가 바란 것은 오케스트라의 단원이 되는 것이었다.

대다수가 최고와 일인자를 꿈꾸는 세상에서 평단원을 목표로 삼는 것은 너무 시시한지도 모른다. 그러나 좋아하는 일을 직업으로 갖기까지의 여정은 그들 못지 않은 노력이 들었다. 객석의 감동이 무대로 밀려올 때 딸은 연주하는 그 음악에 몸이 실리는 것 같다고 한다. 행복의 질량은 꿈의 크기와 상관이 없는가보다.

● 발자크 | *Honore de Balzac* 1799~1850; 프랑스의 소설가.

발자크는 사실주의 또는 자연주의 소설의 창시자이며, 논리정연한 줄거리의 전개, 전지적 시점의 관찰자, 일관성 있는 등장인물 등을 특징으로 하는 정통 고전소설의 기법을 확립한 소설가의 한 사람으로 인정받는다. 그의 문장기법은 묘사력이 풍부하고, 장면 전환이 빠르고, 간결하면서도 풍류적이다. 또 풍자와 기지가 풍부하고 심리묘사가 뛰어나다. 프랑스어를 발자크처럼 잘 구사한 사람은 아무도 없을 것이다. 또 소설 중에서 대화도 탁월하게 구사한다. 방대한 양의 장편 및 단편소설들로 이루어진 〈인간희극〉이라는 연작을 발표했다. 정통적인 고전소설 양식을 확립하는 데이바지했고, 가장 위대한 소설가 중의 한 사람으로 꼽히며, '소설의 셰익스피어'로 불린다.

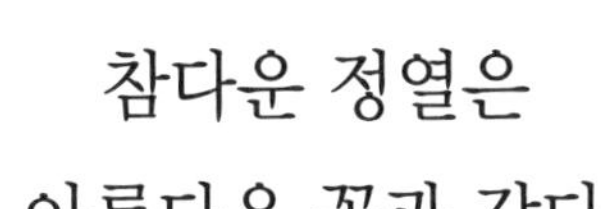

참다운 정열은
아름다운 꽃과 같다

참다운 정열은 아름다운 꽃과 같다.
그것이 피어난 땅이 메마른 곳일수록
한층 더 보기에 아름다운 법이다.

· 발자크 ·

사람에게는 좀처럼 잊지 못하는 것 세 가지가 있다고 한다. 첫 키스와 처음 산 자동차 그리고 첫 번째 직장이라고 한다. 살다보면 잊지 못하는 것이 어디 셋뿐일까마는, 그것도 시대나 개인에 따라 차이가 있을 것이다. 원시 수렵시대엔 처음 잡은 토끼나 곰이었을지도 모르고, 농경사회에선 엄청나게 큰 호박이나 대 홍수를 꼽을 수도 있겠다. 자동차니 직장이니 하는 것을 보면 그 말을 처음 한 사람은 현대인으로서 직장을 여러 번 옮긴 이라고 짐작된다.

사회가 복잡해질수록 직업도 다양해져서 선진국에서는 종류만도 삼만 여 가지나 된다고 한다. 어떤 사람은 대를 이어 가업을 전승하는 경우도 있고 드물게는 평생 외길을 걷는 사람도 있지만 대다수의 사람은 직장을 전전한다. 그때마다 그들은 이력서를 다시 썼을 것이다.

'언제 어느 학교를 졸업했으며 어디에서 몇 년간 무슨 일을 했노라' 는 식의 나열이 이력서의 전부인 셈이다. 사람도 만나기 전에 이력서만으로 그 사람을 평가해 버린다. 'OO학교 졸업'이라는 이력서의 한 줄을 써넣기 위해 공부가 생의 목표가 되어버린 요즈음이다. 졸업이란 정해진 수업 연한을 이수했다는 기록일 뿐인데 그것이 전부인 양 학력이란 잣대로 사람을 잰다.

지난주에는 직업이 농부라고 자신 있게 말하는 동갑내기를 만났다. 공부를 마치고 고향에 땅 사백 평을 마련한 농사꾼이다. 그의 부모도 여느 어버이의 바람과 다름없이 아들이 높은 자리에 앉아 명예와 권세를 휘두르며 살기를 원했다. 그러나 그 남자는 좁은 땅에 정성을 쏟았다. 특히 좋은 환경을 만들기 위한 작업에 주력했다. 사람의 경우도 그렇지만 식물은 상했거나 병충해를 입으면 스스로 살려고 노력을 한다는 것이다. 자생력이 있기 때문에 그것을 도와주는 방향으로 환경을 맞춰주면 원래의 바르고 건강한 모습을 되찾는다. 그는 농약을 쓰지 않는다. 약을 치면 더 많이 수확할 수 있지만 그의 계산은 남과 다르다.

다른 사람은 백 개의 사과를 목표로 한다면 그는 칠십 개로 만족한다. 나머지 삼십 개의 썩은 사과는 그 속에서 살아가는 미생물과 그것을 필요로 하는 곤충이나 벌레의 몫으로 제쳐놓는다. 미생물도 조물주가 만들었고 아무리 하찮은 것이라도 그것이 그 자리에 있게 하는 것이 자연의 순리에 따르는 것이기 때문이다. 일등을 초월한 이등의 자리가 더 어렵다고 말하며 그는 웃는다.

　이웃 친구는 생활이 곤궁했을 때 흔히 다니는 보험모집원도 하지 못했다. 회사에서 요구하는 이력서에 쓸 학력을 갖추지 못해서이다. 그녀는 누구 못지않게 뚜렷한 주관을 가지고 산다. 불행한 사람을 보면 그냥 지나치지 못하고 누구보다 먼저 찾아가 위로한다. 새벽기도 시간이면 기도해주어야 할 이웃이 너무 많아서 아이들을 학교에 보낸 뒤 나머지 기도를 한다는 친구다. 이력서가 필요 없는 일은 모두 그녀의 몫이다.

　버스도 자가용도 한강 물로 뛰어드는 무질서. 생각해보고 기다릴 것도 없이 뜻에 맞지 않으면 목숨부터 내놓고 결판을 내려 드는 젊은이. 푸드덕거리는 덩치 큰 나방을 향해 달려드는 불개미 떼 같은 도시가 오늘도 붕괴되지 않고 건재하는 이유를 알 것 같다. 적은 숫자이긴 하지만 자신의 방식대로 살아가며 본연의 자세를 지키는 사람들이 균형을 잡아주기 때문이다.

　프랑스 남부 어느 마을 묘역의 돌기둥에 새겨져 있다는 비문을 생각한다. '오늘은 나 내일은 너' 결국 모두의 종착지는 같지만 그곳에 도달하는 길은 각기 다르다. 그 길이 이력履歷이다.

모든 사람은 때때로 열정적이다.
삼십 분의 열정을 가진 사람도 있고,
삼십 일의 열정을 가진 사람도 있다.
그러나 인생에서 성공하는 사람은
삼십 년 동안의 열정을 간직한 사람이다.

• 에드워드 버틀러 •
| *Edward B. Butler* ; 미국의 카피라이터 |

● 릴케 | *Rainer Maria Rilke* 1875~1926; 오스트리아 태생 독일 시인.
릴케는 결혼생활이 원만하지 못했던 부모 밑에서 외아들로 태어났다.
1897년 당시 36세였던 루 안드레아스 살로메를 만났고 곧 사랑하는 사
이가 되었다. 그녀는 젊었을 때 철학자 니체로부터 구혼을 받고 거절한
적도 있었다. 루와의 만남은 릴케의 인생에서 하나의 전환점이 되었다.
그들의 관계가 끝난 후에도 루는 절친한 친구로 남아 있게 되었다. 그의
시는 시를 그 자체로서 존중하려는 하나의 주장으로서 스스로를 나타내
고 있다. 말년의 릴케는 한편에서는 '생'의 새로운 종교로서 찬양받기도
했지만 다른 한편에서는 방종한 유미주의로서 비판받기도 했으며, 개인
적인 재능이 있다 해서 시인 편에서 '자기구원'을 시도하려 한다는 비난
을 받기도 했다.

사랑받는 일은
불타오름에 지나지 않으나

사랑받는 일은 불타오름에 지나지 않으나
사랑하는 것은 마르지 않는 기름에 의해 빛남을 말한다.
그러므로, 사랑받는 것은 사라져 버리지만
사랑하는 것은 오랫동안 지속한다.

• 릴케 •

'둥굴레'는 기른 지 8년이 된 고양이다. 주말이라서 식구들은 모두 집에 있지만 둥글레만 보이지 않는다. 사라진 지 이틀이 지났다. 집안은 평소와 달리 조용하다. 텔레비전도 켜지 않았고, 식탁도 깨끗하다. 일요일 오후쯤이면 마냥 느긋해져서 찻잔이 쌓이고, 과일껍질, 음악소리, 신문과 잡지들이 발길에 차일 지경일 텐데.

슬픔은 나누면 반으로 준다는데 그도 아닌 것 같다. 식구들과 함께 있으니 슬픔이 줄기는커녕 고양이를 때리고 잘못해준 것이 생각나서 마음이 더 괴롭다. 딸아이가 돌아앉아 훌쩍거린다. 나도 따라서 콧등이 시큰해진다. 둥굴레가 앉아 있던 방석을 보니 어디선가 고양이 소리가 들리는 듯하여 연민이 더 커진다.

그놈이 집을 나간 것을 안 즉시 밖으로 나갔다. 큰길가 가게 주인에게 고양이가 차에 치인 일이 있었는지 물어 보았다. 그런 일이 없었다는 대답에 우선 안심이다. 둥굴레는 집밖의 세상에 대하여 아무

것도 모른다. 어려서 어미 품을 떠난 이후론 외부와 단절된 생활을 해왔다. 흙을 밟아 본 적도 없을 뿐더러 다른 고양이는 물론 집안 식구와 어항 속의 금붕어 이외의 생명체와는 접해보지 못했다.

자동차의 굉음이며 바람, 풀, 밖의 모든 소리와 사물이 그놈에게 충격이며 공포 그 자체일 수도 있다. 집에는 그놈 혼자 있는 시간이 많다. 그래서 생긴 버릇인지 모르지만 창가에 앉아 있는 시간이 대부분이다. 어두운 하늘 아래 높이 솟아오른 불 밝힌 고층 건물이며 꼬리를 물고 달리는 자동차의 불빛을 구경한다. 볕 바른 날의 햇살도 즐기지만 밤이면 가로등에 어리는 나무의 그림자도 흥미 있게 바라본다.

땅 속을 파서 두더지를 잡고, 암고양이를 쫓아다니느라 며칠씩 집을 비우는 일도 없다. 생선을 훔쳐 먹다가 들켜서 도망간 일도 없다. 들고양이나 일반 주택에 사는 고양이가 본다면 둥굴레는 고양이의 본성을 박탈당한 고양이답지 못한 생활을 하고 있는 셈이다.

녀석을 기르면서 고양이라면 으레 익혔어야 할 기본기를 가르치지 못했음을 시인한다. 덩치 큰놈 앞에서 기죽지 않고 을러보는 오기라든가, 꼬리를 세우고 털을 거스르며 상대방을 위협하는 소리, 생쥐 잡는 법, 땅을 파고 대·소변을 처리하는 방법 등등. 그놈은 아무것도 할 줄 모른다.

다른 고양이에 비해 덩치는 크다. 윤기 나는 털이 기품이 있어 보

여 외모엔 손색이 없으나 동물적인 능력은 불구에 가깝다. 고양이적 능력으로 점수를 준다면 낙제감이다. 그놈을 그저 사랑으로만 길렀다. 비 오기 전날이면 난蘭잎을 잘라먹고 토해 놓기도 하고, 사람의 눈을 피해 물건에 오줌을 싸기도 한다. 아무도 가르쳐주지 않아도 간직하고 있는 자신의 영토임을 표시하는 본능이다.

나는 이제 고양이의 울음소리만 들어도 무엇을 원하는지 대강은 알아듣는다. 나는 녀석의 행동거지 몇 가지를 아는 것에 불과하지만 그놈은 나의 행동과 감정상태도 짚어낸다. 내가 아프면 둥굴레도 아프고, 내가 슬퍼하면 그놈 눈에도 눈물이 고인다.

사람의 보살핌 없이도 잘 살 수 있다면 우리 집을 나가 돌아오지 않아도 걱정하지 않겠다. 그에게 생존에 필요한 야성이 어느 정도 잠재해 있는지 의문이다. 있다면 이제부터는 그것을 계발시켜서 서울의 한 복판 빌딩 숲이 아닌 시골에서 살아야 한다고 생각한다. 털 색깔, 몸의 특징, 울음소리 등을 간략하게 적어서 사진과 함께 아파트 게시판에 붙였다.

날은 다시 어두워져 밤이 깊어간다. 목도 마르고 배도 고플 텐데 어디에 있을까. 팔베개를 하고 부드러운 털을 쓰다듬어 주면 녀석은 무척이나 편안한 표정이었다. 눈을 지그시 감았다가 다시 뜨고는 쓰다듬는 손등을 깔깔한 혀로 핥아준다. 돌이켜보면 그놈보다 내가 행복했던 것 같다.

　동물을 좋아하는 친구에게 전화를 걸었다. 찾는 방법이 무엇인지 나만은 알고 있을 것이라는 대답이다. 고양이가 어디 갔을지 침착하게 생각해 보라는 것이다.

　내가 둥굴레라면 어디로 갈까. 나는 고양이가 되어 현관문을 나섰다. 복도를 따라 걷다가 계단을 내려와 화단 옆에 쭈그리고 앉았다. 땅과 맞닿는 위치에 아파트 지하실의 창문이 열려 있다. 딸과 함께 지하실 통로를 더듬어 나갔다. 희미한 전구는 넓은 공간을 어슴푸레 비춘다. 낡은 장롱, 철제 캐비닛, 소파 등 잡동사니로 지하실이 어수선하다.

　은밀한 목소리로 딸과 번갈아 불렀다.

　"둥굴레-, 둥굴레-"

　희미하지만 분명한 소리를 들었다.

　"야-옹."

　둥굴레 소리다.

　반가움으로 떨리는 딸의 목소리에 울음이 묻어난다. 나는 고양이 식으로 녀석에게 재회의 감격을 표시했다. 그놈 얼굴에 내 얼굴을 자꾸 비벼댔다. 오래도록.

● **쇼펜하우어** | *Arthur Schopenhauer* 1788~1860: 독일의 철학자.
흔히 '염세주의 철학자'로 불린다. 무엇보다도 헤겔의 관념론에 정면으로
반대하는 의지의 형이상학을 주창한 인물로 중요하다. 그의 글은 나중에
실존철학과 프로이트 심리학에 영향을 끼쳤다. 〈의지와 표상으로서의 세
계〉는 쇼펜하우어 사상의 정점을 이루었다. 이후 많은 세월이 흐르도록
그의 철학에는 더 이상 아무런 발전도 일어나지 않았다. 어떠한 내적 고
투나 변화도 없었고 기본 사상에 대한 비판적인 재검토도 없었다. 이 책
이후의 저술들은 그저 좀더 상세한 설명, 명료화, 확인의 수준을 넘지 않
고 있다.

인생의 최초 사십 년은
내게 텍스트를 준다

인생의 최초 사십 년은 내게 텍스트를 준다.
그 후 삼십 년은
텍스트에 내한 주석을 부여해 준다.

• 쇼펜하우어 •

오랜만에 하늘이 희뿌옇기에 지척인 치악산 휴양림을 찾았는데 싸락눈이 다시 진눈깨비로 바뀌어 나뭇가지 사이를 희뜩 거린다. 설경을 즐기고 싶은 마음과 더 쌓이기 전에 하산하고픈 마음 사이에서 머뭇거리는데 숲 속이 시끄러웠다.

보니 몸통은 까치보다 약간 작은 크기로 색깔은 장끼처럼 호화로운 깃을 가진 새가 대여섯 마리 엉겨 붙어 좇고 쫓기며 어우러져 내는 요란한 소리였다. 사람이 옆에 있는 것엔 아랑곳하지 않는 눈치다. 하긴 산은 원래 날짐승 길짐승들이 사는 터전이니 어쩌다 산에 든 사람에게 그들이 신경 쓸 일은 없겠다. 환영은 못되지만 적어도 나를 기피하는 것은 아니라고 생각되어 기분이 나쁘지 않다. 사람들 싸움에 비할 바 없이 흥미로워서 제풀에 파하고 다른 곳으로 날아갈 때까지 구경을 하였다.

그런데 소란을 부린 그 새들이 무슨 새인지 알 수가 없다. 처음 보는 새다. 돌아와 알아보니 산까치라고도 하고 어치라고도 부르는 새였다.

산골에 오니 내가 모르고 있는 것이 얼마나 많은가가 확연히 드러난다. 새로운 문명의 산물이거나 첨단 과학, 아니면 이 세기를 변화시킬 문화사조라면 '아! 내가 시대에 뒤떨어졌구나' 하겠다. 그런데 태고적부터 있어온 동물들이며, 사방에 지천인 풀, 나무들의 이름을 모르겠다. 그것만이 아니라 자연 속에 살면서도 자연을 알지도 못하고 제대로 느끼지도 못하고 사는 듯하다.

이곳에서는 내가 찾아 나서기 전엔 사람을 만날 수 없다. 인터넷도, 우편집배원도, 신문도 들어오지 않는다. 숲과 나무와 다양한 종의 새와 곤충, 계곡의 물과 잡초들뿐이다. 이웃이라고는 그들이 전부인데 친하게 지내려도 아는 게 없어 어떻게 접근을 해야 할지 답답하다. 도회지에 살면서 교통편을 이용할 줄도 모르고, 아는 사람도 없고, 시장과 백화점도 구별할 줄 모르는 사람과 비슷하다 하겠다.

『야생초 편지(황대권 저)』라는 책에 이런 대목이 있다.

'지금 눈 앞에 보이는 이 풀 무더기를 한 평만 떼어다 교도소 운동장으로 옮겨 놓을 수만 있다면… 그럴 수만 있다면 운동 시간 내내 그 풀밭에 머리를 박고 지낼 수 있을 텐데…….'

그는 옥살이를 하면서 옥담 밑에 돋아난 쇠비름 며느리밑씻개 달개비 강아지풀 등을 가꾼다. 풀 하나하나의 특성과 이름을 중얼거리며 딛고 있는 땅을 온갖 보화가 가득한 신비의 곳간으로 여긴다. 어쩌다 사회참관이라도 나가는 날엔 도랑 근처에 돋아난 풀들을 뽑아 주머니에 건사했다가 화단에 옮겨 심었다고 한다.

그를 데려다 이곳에 사흘간만 살게 한다면 얼마나 행복해 할까 생각했다. 관찰하고 키우고 싶은 게 얼마나 많을까. 그토록 열악한 환경에서도 풀을 가꾸고 지키며, 생명에 대한 경외와 사랑으로 이어가는 그가 성자와 같이 숭고해 보인다.

이 집으로 이사 온 첫 날밤을 잊지 못한다. 오랫동안 비어 있어서 천장에는 거미줄이, 벽지는 얼룩이 졌고, 곰팡이 냄새가 가득했다. 불을 끄고 자리에 누웠는데, 천장에서 뭔가 가슴 위로 툭 떨어졌다. 깜짝 놀라 일어나 불을 켜보니 밤알만큼이나 큰 거미였다. 벽 쪽으로 멀찍이 기어가서는 움직이지도 않고 침입자인 나를 노려보고 있었다. 잡으려면 장 밑으로 들어가고, 누우면 다시 기어 나오기를 여러 차례.

밤잠을 설친 후 이튿날 살충제를 뿌렸다. 자는 동안 거미한테 물릴지도 모른다는 공포감, 그 놈이 노려본다는 불쾌감, 밤마다 나와서 괴롭히면 어쩌나 하는 염려는 모두 내 입장에서만 본 상황이다. 거미가 해충을 포식하는 익충이라는 걸 몰랐던 것도 아니건만, 거미에 대한 부정적인 선입견과 인간의 편협한 이기심으로 거미의 입장은 전혀 고려하지 않았음을 고백한다.

며칠 후 그 녀석이 서랍 속에 죽어 있는 걸 발견했다. 그때 약만 뿌리지 않았던들, 나는 거미와 사람이라는 다른 종끼리 상대방의 생활습관을 이해하는 안락한 동거를 할 수 있었을 것이다. 저들 누대에 걸쳐 살아온 집에서 학살을 저지른 나는 잔인한 호모 사피엔스다.

나무 한 그루, 우리에겐 쓸모없어 보이는 습지 한 자락, 동토의 작은 생명체 하나가 저마다의 존재 이유를 가지고 있음을, 서로에게 얼마나 소중한지를 새삼 알아간다.

앞으로는 열매가 안 열리는 나무라고 해서, 단풍이 곱지 않다고, 가시가 많다고, 벌레가 낀다고 그것들을 베어버리는 일은 삼갈 것이다. 제초제도 멀리하며, 밭에 풀이 나오지 못하게 하는 검은 비닐도 덮지 않고 농사를 지어볼 예정이다.

김을 매더라도 가꾸는 작물에 방해가 되지 않는 것들은 꽃이며 자라는 모양새를 살펴보겠다. 풀 한 포기, 작은 새, 곤충 하나도 허투루 하시 않고, 모르면 도감을 뒤지며 저들에게 애정을 가지려고 한다. 그러노라면 그들을 통해 세상과 우주를 보는, 더불어 사는 방식을 깨우치는 날이 오겠지.

●**칼릴 지브란** | *Khalil Gibran* 1883~1931; 레바논 태생 미국의 철학적 수필가, 소설가, 신비주의 시인, 화가.

베이루트에서 초등교육을 받았고, 1895년 부모와 함께 미국의 보스턴으로 이주했다. 1898년 레바논으로 돌아가 베이루트에서 공부하여 아랍어에 능통해졌다. 1903년 보스턴에 돌아와 첫 번째 문학수필집을 냈고, 일생을 통해 도움을 받게 된 메리 헤스켈을 만났다. 그의 문학작품과 미술작품은 매우 낭만적이며, 성서와 프리드리히 니체, 윌리엄 블레이크의 영향을 보여준다. 사랑, 죽음, 자연, 고국에 대한 그리움 등의 주제를 다루고 있는 아랍어와 영어로 된 그의 글은 서정이 넘치고, 그의 내면의 종교적·신비주의적 성격을 잘 드러내주고 있다. 영어로 된 주요 저작으로는 〈예언자〉,〈 모래와 물거품〉, 〈사람의 아들, 예수〉 등이 있다.

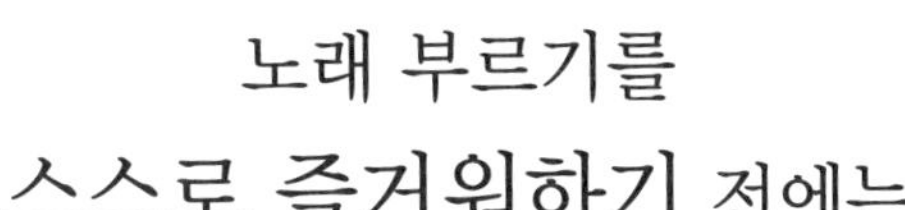

노래 부르기를
스스로 즐거워하기 전에는

노래 부르기를 스스로 즐거워하기 전에는
노래를 부르는 사람은
그대를 기쁘게 해 줄 수가 없다.

• 칼릴 지브란 •

초보 농부의 덤벙 주추 농사는 감자에 이어 옥수수로 옮겨졌다. 강원도 하면 감자와 옥수수가 으뜸 작물로 꼽히기에 시골생활 첫해에 지어볼 만한 품종이라고 생각한다.

사람이 옥수수와 맺은 인연은 어제 오늘이 아니다. 마야문명 유적지에서도 옥수수가 나왔고, 곡식을 재배하지 않는 북아메리카 인디언들도 옥수수만은 예외였다. 1983년에 노벨상을 수상한 바버라 맥클린턱은 1940년 후반 옥수수를 연구하는 도중 처음으로 유전자가 이동한다는 것을 발견하였다. 그로 인해 인간 생명의 비밀을 푸는 '게놈' 지도 완성을 앞당기게 되었다. 경북농대의 김순권 박사는 수퍼 옥수수를 개발하여 이북에 재배기술을 전수하러 철통 같은 빗장을 풀고 여러 번 방북을 하였다.

가까운 이웃에 묵밭이 있기에 그 곳을 얻어 옥수수를 부치기로 하였다. 넓이라야 오십 평이 채 안 될 것 같은, 네모 반듯하지도 않은 사다리꼴 모양이다. 주인의 말로는 그 땅은 배수가 잘되고 기름져서 고추 농사가 잘된다고, 한 나무에서 못 따도 이백 개의 고추는 땄을 거라고 몇 번을 되풀이 자랑이다.

땅 주인이 가르쳐주기를, 퇴비를 고루 흩뿌리고 땅을 뒤집은 다음 고랑과 이랑을 만들고 흙덩이를 고른 후 씨앗을 심기만 하면 된다고 한다. 하루갈이면 넉넉하리라 생각하고 첫 삽을 땅에 대고 밟았다. 삽날에 돌이 부딪치는 날카로운 소리와 쟁기를 튕겨내는 반동이 온몸으로 전해진다. 이건 자갈 돌의 수준이 아니라 준 바위급이다. 덮인 흙을 호미로 긁어내어 돌멩이가 보이면 삽 끝을 밀어넣고 파헤쳐 손으로 꺼내기를 반복해야 했다. 밭둑에 쌓인 돌들이 수북하다. 땀이 흘러 옷이 젖고 눈이 따갑다.

주저앉고 싶은 유혹을 뿌리치고 밭에 땀을 뿌리며 돌짝 밭을 고르는 이유는 지난 여름의 옥수수 맛을 잊을 수 없기 때문이다. 사고로 병원에 입원하였는데 큰 오라버니가 갓 찐 따끈따끈한 옥수수를 가져왔다. 말랑거리는 알갱이가 터지며 씹히는 혀끝의 감촉, 순수함 그 자체로 달콤 고소한 풍미가 나를 사로 잡았다. 그 황홀한 맛을 다시 경험하기 위해서라면 이만한 고통쯤은 참아내야 한다.

여름날, 내가 좋아하는 사람들을 청해 놓고 푹푹 김이 오르는 솥 안에서 잘 익은 옥수수를 꺼내 함께 먹고 싶다. 기존에 먹었던 옥수수와 얼마나 다른지를 경험하는 그 놀라운 순간을 놓치지 않고 즐기겠다. 그리고는 그 차이를 음미하며 이 수고의 순간을 이야기하리라.

어쩌면 옥수수가 던진 미끼를 물었는지도 모른다. 『욕망의 식물학』을 쓴 마이클 폴란에 의하면 식물로 인해 얻어지는 과일이나 뿌리 혹은 꽃의 화려함이나 냄새는 인간의 눈에 들기 위한 식물의 책략이라고 한다. 불과 만 년 전만 해도 들판 한 구석의 잡초에 불과했던 벼, 보리, 밀 등이 막강한 식물군으로 자리잡은 배경은 오로지 사람의 마음을 사로잡았기 때문이다. 움직이지도 못하는 식물들이 상대방의 두뇌를 이용하여 스스로의 유전자마저 갈아치우며 번식한다.

강원도 찰 옥시기(강원도에서 옥수수를 일컫는 말)를 골라 씨로 선택하고, 충분한 거름을 넣고, 뿌리가 잘 뻗도록 돌을 파내고, 잡초를 뽑는 작업은 농부인 내가 주체가 되어 하는 일이다. 내용이야 어떻든 식물에게 코 꿰여서 하는 일이라고는 생각하고 싶지 않다. 지금의 노고보다는 이 옥수수를 맛보고 '기가 막히다' 고 공감하는 친구가 생긴다는 데 더 큰 의미를 둔다. 어쩌면 내년부터는 그들이 자청하여 지금의 이 힘든 노동을 하지 않을까.

고양이 이마만한 밭을 경작하며 농민전쟁의 발생 원인도 생각해보았다. 열 마지기 논배미가 반달만큼 남았다는 농부가도 의미를 되새기며 흥얼거렸다. 소작농의 비애도 어렴풋이 짐작해 본다. 목이 말라 물을 마시자니 막걸리가 생각났다. 점심을 먹으러 집으로 갔다 왔다 하면 시간 낭비가 많아 밭 가에 앉아 먹는 새참이 그럴싸하다는 생각을 했다. 밭일하다 말고 부엌일을 하려니 늘 하던 노릇인데 손에 설다. 내 손으로 말고 다른 아낙이 차려주는 밥상이 받고 싶다.

일을 시작한 지 열이레 만에 씨 뿌릴 밭이 완성되었다. 해 뜨는 방향을 고려하여 이랑을 내고, 다 자란 옥수수의 잎새를 요량하여 고랑과 고랑의 사이를 80센티미터로 했다. 출발선에 선 달리기 선수처럼 긴장된 마음으로 옥수수 씨앗이 든 자루를 손에 들고 밭머리에 섰다.

30센티미터 간격으로 하나 하나씩 씨를 놓고 씨앗의 1.5배의 두께로 살짝 흙을 덮었다. 심은 지 100일이면 먹는다니까 열흘 간격으로 세 번에 나눠 심기로 했다. 되도록 많은 사람을 부르려면 옥수수의 여무는 시기를 조정하는 게 좋을 듯해서다.

심는 작업은 쉽고 간단하게 끝났다. 밭을 만드는 과정에 비하면 허망하다는 표현이 어울린다. 씨 뿌린 새벽은 옅은 안개를 드리웠다. 누가 불을 놓았는지 산에 진달래가 타오른다. 나는 씨를 심었을 뿐 싹 트고 자라서 열매 맺는 것은 내 소관이 아니다. 여름이 되어 옥수수가 여물면, 청하는 편지 대신 김상용 님의 시 한 편을 띄우려 한다.

남으로 창을 내겠소
밭이 한참갈이

괭이로 파고
호미론 풀을 매지요

구름이 꼬인다 갈 리 있소
새 노래는 공으로 들으랴오
강냉이가 익걸랑
함께 와 자셔도 좋소

왜 사냐건
웃지요

사람이 자신이 하는 일에 열중할 때 행복은 자연히 따라온다.
무슨 일이든 지금 하고 있는 일에 몰두하라.
그것이 위대한 일인지 아닌지는 생각하지 말고,
방을 청소할 때는 완전히 청소에 몰두하고,
요리할 때는 거기에만 몰두하라.

• 라즈니쉬 •
| *Osho Rajneesh* 1931~1990 ; 인도의 철학자 |

● 마크 트웨인 | *Mark Twain* 1835~1910: 미국의 유머 작가, 소설가. '마크 트웨인'이라는 이름은 1863년 2월 3일 버지니아 시에서 우스꽝스러운 여행기를 발표하면서 비로소 탄생되었다. 이 이름은 '깊이가 두 길' 밖에 안 되어 가까스로 항해할 수 있는 강을 뜻하는 뱃사람들의 용어이다. 〈톰 소여의 모험〉, 〈미시시피 강의 생활〉, 〈허클베리 핀의 모험〉 등의 청소년 모험담으로 전 세계에 독자를 만들었다. 소년시절의 친구들에게 편지를 보내 해니벌의 기억을 되살려 글로 써 보내달라고 하여 〈톰소여의 모험〉을 출판했다. 〈톰 소여의 모험〉은 청소년 도서로서는 트웨인의 가장 뛰어난 작품이다. 한 소년과 그의 친구들에 대한 사실적인 묘사 때문에 어린이나 어른 모두가 즐길 수 있는 작품이다.

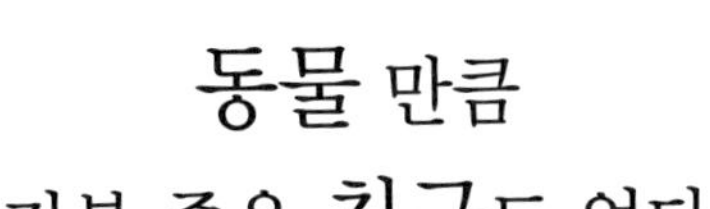

동물 만큼
기분 좋은 친구도 없다

동물 만큼 기분 좋은 친구도 없다.
그들은 절대 의심하지 않고 비난하지 않는다.

• 마크 트웨인 •

우리 집 개는 잡종 암수 한 쌍인데 한배 오누이다. 그 중 수놈의 이름이 '데니'이다. 눈만 겨우 뜬 것을 기른 지 벌써 5개월째 접어든다. 동네 사람들 말로는 우리 개의 조상 중에 풍산개도 있었고, 진돗개가 있었다고도 한다. 흰색에 발이 크며, 털이 거칠고 직모인 것으로 봐서는 사실인 듯하나, 짤막한 다리는 무슨 혈통이며, 얼굴에 아카시아 나무 가시마냥 마구 돋은 털은 누구를 닮은 풍모인지 모르겠다.

어느 날 집에 친척들이 모였는데 큰오빠가 집에서 기르는 강아지를 데리고 왔다. 사람은 사람끼리, 개는 개끼리 어울려 놀았는데 손님으로 온 강아지가 없어졌다. 모인 사람들마다 내 면전에서 못하던 참았던 말을 한다. '없어지려면, 귀여운 놈은 놔두고 대신 못생긴 똥개나 데려갈 일이지……' 이런 경우를 새옹지마라고 하는가 보다.

잘생긴 사람만 살 자격이 있는 게 아니듯 못생긴 개를 기르는 주인도 기죽을 필요는 없다. 아무려면 어떤가. 우수견 품평회에 내 보낼 것도 아니고, 개 선보여 시집 보낼 일도 없는데. 족보 있는 개들 똑똑하다고 해봐야 수능시험을 치를 텐가, 고시공부를 시킬 건가.

요사이 오대까지 족보가 있다는 새까만 진돗개가 동네를 휘젓고 다니더니 그 진돗개와 우리 개의 서열 다툼이 벌어졌다. 순식간에 검둥이가 우리 수캐의 목덜미를 찍어 눌렀다. 하얀 털이 피로 물들었다. 개 오누이는 허구한 날 싸움 연습을 했건만 그 노력이 통하지 않았던 모양이다. 이미 서열이 정해졌으니 다시는 아랫집 개와 싸움이 없을 줄 알았다. 그러나 주인인 나에게 접근하는 개는 용납을 못한다. 그게 검둥이일지라도 용서치 않는다. 질 것을 계산 못하는 우둔함인지, 무조건 덤비고 보는 무모함인지. 딴에는 온몸을 던지는 충성일 것이다. 다리를 저는 일은 비일비재하고, 이마의 가죽이 훌렁 벗겨지기도, 또는 멱을 물려 앉은 자리에 피가 흥건히 고일 때도 있다. 나는 그놈 몸의 상처를 볼 때마다 마음이 짠하다.

날아가는 새를 보고, 하늘의 비행기를 보고, 바람에 흔들리는 나뭇가지를 보고노 짖는다. 심지어는 내가 옷을 갈아입고 나오면 못 알아 보고 짖을 때도 있다. 천성이 영민하지 못하고 아무 때나 짖어서 그렇지 의리와 책임감은 높이 살 만하다. 우리집 암놈이 이웃집 개와 싸움을 하면 몸을 돌보지 않고 덤빈다. 언제나 주인이 부르면 앞에 와서 엎드리고, 잘못하여 매를 맞게 되어도 도망을 가지 않는다.

내가 외출을 할 때면 좌우를 견제하며 자동차를 앞서 달려 큰길까지 배웅을 한다. 마당에서 놀고 있는 닭도 쫓고, 심지어 단짝인 암놈에게까지 차에 근접을 못하게 으르렁거린다. 마치 그렇게 하는 것이 경호인 양 임무를 게을리하지 않는다. 돌아오는 때가 언제이건 밖에서 기다렸다 맞는다. 기다리는 장소가 큰길가 다리 밑일 수도 있고, 집으로 접어 드는 샛길어구일 수도 있다. 그 동안 무엇을 하며 시간을 보내는지는 알 수 없지만 밤이 되어도, 비가 와도 한결같이 충실한 동작이다.

오랫동안 집을 비운 적이 있었는데 집을 봐주는 이웃에게 안부전화를 했더니 개가 너무 애타게 기다리니 빨리 오는 게 좋겠다고 한다. 내가 다니던 산책로를 어슬렁거리고, 밭 가에도 앉았다가, 이웃집도 들러보고는 하염없이 한길 쪽을 바라보고 있다는 것이다.

영악스럽고 힘센 강자가 판을 치는 세상인데, 기르는 개까지 그럴 필요가 있을까. 쟁취하고, 성공하고, 똑똑하여 남에게 절대로 속지 않는 사람, 약삭빨라서 무슨 일에나 앞서는 사람을 나는 삼가는 편이다. 우리를 훈훈하고 살맛 나게 하는 사람들은 어딘가 바보스럽고 정이 있는 사람들이다. 어쩌면 소수의 어수룩한 사람들이 다수의 똑똑한 사람들로부터 극으로 치닫는 이기주의와 깨지려는 평화를 지켜내고 있는지 모른다.

그 사람이
당신의 사랑을 받을 만한 가치가 있는지를 묻기 전에
먼저 그를 사랑해야만 한다.

• 윌리엄 워즈워스 •
| *William Wordsworth* 1770~1850 ; 영국의 낭만주의 시인 |

●테니슨 | *Alfred Tennyson 1st Baron Tennyson of Aldworth and Freshwater* 1809~1892; 영국 빅토리아 시대의 대표적인 시인..

19세기의 시작과 함께 영국의 문단에는 두 명의 위대한 시인의 탄생을 들 수 있으며, 또한 이 두 시인의 사망과 함께 위대하였던 영국도 쇠퇴의 길로 들어서게 되었다고 할 만큼 이들 시인 테니슨과 브라우닝의 당시 영향은 상당하였다. 테니슨 작품의 현실적·희극적인 면은 현대에 와서 더욱 각광받고 있다. 마지막으로 〈모래톱을 넘어〉나 〈담장 틈바귀에 핀 한 송이 꽃〉에서처럼 그의 위대성의 근원을 이루는, 인생의 신비에 대한 경외감은 지난 세기의 독자들과 마찬가지로 20세기의 독자들에게도 감동을 주고 있다.

사랑했다가 잃은 것은

사랑했다가 잃는 것은
전혀 사랑해본 일이 없는 것보다 낫다

· 테니슨 ·

데니가 집을 나갔다. 벌써 여러 날 째다. 날씨가 본격적인 겨울로 접어들어 더욱 걱정이다. 내가 이곳 반그라니 계곡에 살기 시작하면서 데려다 길렀으니까 3년을 함께 살았다.

데니를 빼놓고는 이곳 생활을 이야기 할 수 없다고 해도 지나친 말이 아니다. 등산, 산책, 농사짓기, 가축 기르기 등등 내가 하는 모든 일에 동참하였다. 그동안 녀석은 가족을 여섯이나 늘려 거느리며 가장 노릇을 해왔다. 위세가 당당할 뿐 아니라, 집주인에 대한 의무도 그놈의 절대 권한에 속했다. 주인이 집을 나설 때 차를 배웅하는 거며, 세워둔 차와 벗어놓은 신발을 지키는 일, 병아리 보살피기 등은 아무도 넘볼 수 없는 그만의 임무이다.

발단은 개싸움이다.

아랫집에 검정진돗개 한 쌍이 있는데 덩치와 생김이 곰을 닮았다. 그놈들과 붙으면 결과는 싸워보나마나 우리 개들이 진다. 데니의 가족이 수적으로 많아도 맞붙으면 맹수로 변하는 검둥개를 당할 수는 없다. 싸움이 하도 치열해져서 아랫집과 왕래를 할 수 없는 지경에 이르렀다. 여러 가지 해결방안이 나왔는데 그 중 한가지인 '평화의 사절' 안을 시도해보기로 하였다.

검둥이의 새끼를 데려다 기르는 것이다. 매일 아침 그 집을 방문할 때마다 새끼를 데려가 어미의 젖을 먹게 하면 검둥이는 자기 새끼니 예뻐할 것이고, 우리 집 개들과는 함께 자랐으니 한 가족이 될 터였다. 두 집안 사람들은 어린놈이 어미젖을 빠는 걸, 또 젖을 먹이는 어미 개를 흐뭇한 시선으로 바라보았다. 그러나 양가 평화를 위한 정략적인 강아지 사육이 지금과 같은 큰 문제를 일으킬 줄 그때는 알지 못했다.

데려온 새끼는 덩치가 아래윗집 개를 통틀어 제일 컸다. 서열이 낮아서인지 기를 펴지 못했다. 이 녀석은 기골이 장대하고 성격도 원만하였다. 조심성 없이 천방지축 나대는 것 말고는 나무랄 데가 없었다. 애교도, 정도 많고, 사람을 금방 사귀고 잘 따른다. 개들이 옆으로 지나가나 슬찍 긴드리기만 해도 발랑 누워 항복의 표시를 하고, 눈독을 들이고 으르렁거리면 입에 물었던 먹이도 뱉어 놓을 정도로 설설 기었다.

하지만 의도하던 분위기는 새끼가 4개월로 접어들자 변하기 시작하였다.

'천방(평화의 사절)' 이가 개들을 대하는 태도에 변화가 생긴 것이다. 자기의 밥그릇에 주둥이를 대는 자는 가차 없이 공격하고, 시비를 거는 놈에겐 거칠게 맞대응을 하였다. 새까만 후배가 선배와 맞장을 뜨니 개들 모두의 심기가 불편했다. 데니네 가족은 평상심을 잃고 보복의 기회를 노렸다.

어느 날 마당에서 거창한 소리가 들렸다. 계곡이 무너지는 줄 알았다. 나가보니 천방이를 가운데 두고 데니를 위시하여 여섯 마리의 개가 빙 둘러서 총 공격을 한다. 천방이가 한 놈을 상대하는 동안, 다른 녀석이 뒷다리를 공격하고, 또 다른 개가 꼬랑지를 물어뜯으며 협공을 해와도 마법에서 깨어나 돌아온 왕자 같은 모습으로 천방이는 모두를 제압했다. 마치 전술가의 작전지시에 따라 미리 숙지한 동작인 듯 한 치의 빈틈도 없이, 상처도 입지 않고 해치웠다. 중국의 진 나라가 천하통일을 하기 전, 6국이 연합하여 진나라를 치려고 할 때에 '양 무리를 몰아 사나운 호랑이를 대적하는 것과 같다〈구군양驅群羊하여 공맹호攻猛虎〉'하며 반대하였는데, 천방이와 우리 개들의 싸움이 바로 그 격이었다. 천방이는 그 싸움을 끝으로 개 천하를 평정해버렸다.

데니는 주인에게 충성하며 다른 개가 주인 옆에 얼씬거리지 못하도록 지키는 게 삶의 과정이며 목적이자 존재 이유이다시피 하다. 그런 데니가 삼 년간이나 누려오던 왕권을 천방에게 빼앗겼다. 주인의 산책길에 따라나서지 못함은 물론, 부하들 앞에서 애송이에게 맥도 못 추는 망신을 당했을 뿐더러 사랑하는 암놈의 집에 그놈이 들어가도 속수무책이었다.

'인간의 역사는 자기네 몫을 좀더 늘리기 위해 끊임 없이 싸우는 과정'이라고 법정스님은 밝혔다. 동물의 세계에서는 우열이 가려지면 강자에게 자리를 내주고 떠나든가, 그 밑에 들어가서 빌붙으며 살든가 둘 중에 하나다. 그런데 데니는 그 둘 다가 안 되는 모양이다. 며칠 집을 나갔다가 들어와선 예전에 하던 대로 똑같이 하려고 든다. 주인을 호위하려 들고, 내 주변에 다른 개가 근접을 못 하게 막으려 한다. 그때마다 천방이가 와 싸움이 벌어진다. 예전 부하들이 거든다지만, 새 대장인 천방이가 이빨을 내놓고 으르렁 소리만 내도 그 모두가 꼬리를 내린다.

천방이가 아무리 잘났어도 우리 집엔 데니가 적격하다. 더 잘 생길 필요도, 체격이 더 클 필요도 없다. 명견가의 족보 따위는 더구나 소용없다. 따라오지 말라고 하면 서운한 표정으로 뒤돌아서고, 기다리라고 하면 몇 시간이고 그 자리에서 기다리는 놈. 오리장의 울타리를 넘지 않고, 병아리가 나와 놀아도 안심하고 옆에 둘 수 있는 놈이다.

"데니야- 데니야-"를 부르며 온 산을 휘젓고 다니기를 여러 차례 해보았으나, 가을이 가고 추운 겨울을 지나고도 데니는 다시 나타나지 않았다.

비참하게 사느니 명예롭게 떠난 걸까. 그 무엇이 한 마리의 개를 그토록 외로운 싸움을 하게 하고, 적막이든 위험이든 가리지 않게 하는 것일까. 모르기는 사람 사는 일이나 짐승 사는 일이나 마찬가지다.

모든 구름에는 은빛 자락이 있다.

· 영국 속담 ·

● 타고르 | *Devendranath Tagore* 1817~1905; 근대 인도의 철학자.
벵골의 부유한 지주 가문에서 태어난 그는 9세에 공식 교육을 받기 시작
했고, 인도의 고전 언어인 산스크리트를 비롯하여 페르시아어와 영어를
배우고 서양철학에 대한 교육도 받았다. 당시 특히 벵골 지방에서 널리
유행하던 관습 수티(과부가 죽은 남편을 화장하는 장작더미 위에 올라가
분신하는 것)에 대하여 격렬한 비판을 가했다. 인도의 문맹률을 낮추고
모든 사람들에게 교육이 베풀어지도록 노력했다. 타고르는 죽을 때까지
마하리시(위대한 성자)라는 존칭으로 불렸다.

내 마지막 인사는

내 마지막 인사는
내 불완전함을 알고도
나를 사랑해준 이늘에게 힌디.

• R. 타고르 •

큰언니가 지난 봄 세상을 떴다. 어머니 돌아가신 후 막내인 나에게 어머니 대신이던 큰언니다.

응급실로 실려오던 마지막 밤에도 그 언니는 조카들을 시켜 나에게 연락하라고 하여 임종을 지킬 수 있었다. 간암으로 인한 피하출혈로 온 몸이 검은색이었고, 앙상한 뼈에 가죽뿐이라서 더 한층 보내는 심정이 절절하다. 6년 간의 투병이 얼마나 고단하고 힘겨웠는지를 몸이 말해주고 있었다.

영결식을 집례하는 목사님이 유가족들을 불러모아 놓고 고인이 생전에 부탁한 유지를 따르겠느냐고 물었다. 시신기증을 부탁했다는 것이다. 처음 듣는 얘기는 아니다. 건강을 잃고, 병과 싸우며 의학에 관심을 갖게 되었을 무렵이다. 그때 이미 그 병에서 헤어나지 못할 것을 짐작했는지, 다른 환자들을 위해서 자신의 몸이 연구 대상이 되었으면 좋겠노라는 이야기를 한 적이 있다.

유족들 사이에서 의견이 분분했다. 시신기증자, 즉 당사자는 말이 없고. 형제들과 자식인 아들은 찬성, 두 딸이 반대였다. 결사 반대였다. 유지를 받드는 것도 중요하고 의학 발전에 이바지하겠다는 고인의 뜻도 훌륭하지만 내 어머니만은 그렇게 못 하겠다는 것이다. 고생하다 돌아가신 것만도 불쌍하고 기가 막힌데 두 번 죽게 할 수는 없다고 한다. 딸들의 심정도 이해는 간다. 시신이 알코올에 담궈지고 그 이후의 과정들을 추측해보면 선뜻 내키지 않는 것도 사실이다. 문서화 된 본인의 시신기증서가 없기 때문에 언니의 주검은 결국 땅 속에 묻혔다.

'내가 가졌던 것은 모두 두고 가고, 남에게 주었던 것은 다 가져가노라.' 언젠가 큰오라버니에게 들었던 만주 어느 분의 묘비명이 생각난다. 그렇다. 재산, 권력, 명예 등 살아서 가졌던 것들은 숨 떨어짐과 동시에 손에서 놓을 수밖에 없다. 심지어 생전에 지녔던 지식이나 사상까지도. 좋아했던 사람도, 원수처럼 여기던 이도 일단 이 세상을 떠나면 모두 잊는다. 그들의 잘못된 소행에 대해서도 관대해진다.

우리도 장차 그렇게 될 존재들인 탓도 있을 것이다. 또 무엇을 소유했건 아니건, 가치가 있든 없든 간에 죽음은 모든 의미와 좋고 나쁨과 우열조차도 없애버리고 마는 까닭이 아닐까 한다. 떠난 자에게서 받은 사랑, 희망. 선행 등은 그가 없음으로 해서 더 따뜻하고 마음에 사무친다. 가지고 있다가 무無가 되어 버리는 정 반대의 논리로, 남에게 준 것은 남은 자의 가슴에 남아 오히려 살아 있는 자들의 삶으로 이어지고 증폭된다는 뜻일 게다.

그 날 유품으로 가져온 물건보다 더 구체적으로 마음에 각인되는 것이 있었다. 이루지 못한 언니의 높은 뜻이다. 남을 위해 나를 주는 성숙한 의식과 정신이 엄숙하게까지 느껴졌다. 언니와의 이별을 계기로 나의 죽음을 생각하게 되었다. 아주 진지하게.

언니 생전의 결심처럼 나도 사체를 기증하기로 했다. 큰언니를 보내고 돌아와서 시신을 기증하기로 마음을 정하기까지 고민을 많이 했다. 썩을 육신이라고 생각하면 한푼의 가치도 없지만 자신의 전부를 내 놓는다고 생각할 때 그것은 돈으로 환산할 수 없는 값어치를 지닌다. 누군가의 생명을 값으로 따질 수 없듯이.

이미 장기기증회원으로 가입한 선배와 이야기를 나누었다. 그분의 소개로 이해를 도울 만한 소책자도 받아 보았다. 죽은 사람에겐 더 이상 소용이 없게 된 각막이나 피부조직이라도 그것이 꼭 필요한 산 사람이 있다. 그는 죽었어도 이식 받은 사람을 통해 그의 삶도 이어진다. 죽어가는 이에게 생명을 나누어 주고, 죽은 나는 다시 함께 사는 길이다.

신청서를 양식에 따라 내고서도 웬일인지 가입증서를 기다리는 동안 몹시 불안했다. 죽어서 아무것도 모른다 해도 두렵기는 마찬가지일 것 같았다. 스스로 내 손이며 팔을 세세히 어루만져 보았다. 발가벗겨진 채 의사들이 필요한 부위를 가르고 자르고 들어내는 장면. 기독교 신자들이 믿는 부활의 몸은 현재의 이 형태가 아니라는 것을 알면서도, 그 때가 오면 이리저리 개체로 흩어져 있는 내 몸 조각 들은 어떻게 될까, 혼란스러웠다. '한 살이라도 더 젊어서 죽어야 시신이라도 쓸모 있겠지' 라는, 말도 안 되는 생각들로 밤엔 잠도 오지 않았다. '없던 일로 해주세요' 취소하기로 마음을 굳혔다가도 날이 밝으면 '아니야' 하고 머리를 흔들고 번복하기를 몇 며칠, 드디어 등록증이 배달되었다.

'사랑의 장기기증운동본부' 로부터 '장기기증등록증' 을 교부 받았다. 갑자기 마음이 편안해졌다. 설명할 길 없는 평안함이다.

노후대책이 다 되어 있는 중년의 느긋함이 이러할는지, 애면글면 속태우던 일이 무사히 해결되었을 때의 홀가분함에 비교할는지 어림으로라도 표현이 안 된다. 평생 내 자식, 내 가족, 나만을 위해서, 나에게서 눈을 떼지 못하고 살다가 처음으로 이웃도 보고 푸른 하늘도 올려다본 기분이다. 천국의 초대장이나 받아놓은 듯 자랑스럽다. 이렇게 기분이 좋을 줄은 미처 몰랐다. 살아서 자기 몸의 장기를 떼어주는 사람에 비하면야 부끄러워서 내색할 일은 못되지만, 조붓한 내 그릇 됨됨이를 스스로 아는지라 대견하기까지 하다.

회원 번호 09021. 주민등록증과 함께 몸에 지니고 다닌다. 불의의 사고로 생명을 잃었을 경우에 누군가가 즉시 사랑의 본부로 연락을

하기 위해서다. 그 카드에도 '본인이 하늘의 부름을 받는 날, 〈빛의
전화〉로 연락해 주십시오' 라고 씌어 있기도 하다. 그날로부터 '나
는 훗날 다른 누군가의 몸의 한 부분이자 생명이기 때문에 잘 살아
야 한다' 는 성의로움과 '하늘의 부름에 응해야 한다' 는 기대로 산
다. 죽는 일이 두렵지만은 않다. 언니의 마음을 알 듯하다.

죽음이란
우리에게 등을 돌린
빛이 비치지 않는 생의 한 측면이다.

• 릴케 •
| *Rainer Maria Rilke* 1875~1926 ; 오스트리아 태생 독일의 시인 |

　한 권의 책에서 가장 중요한 대목은 〈감사의 말〉이라고 어느 저자가 말했습니다. 이제 이 책에서 가장 중요한 대목을 쓰려고 합니다.

　이 책이 세상에 나올 수 있게 해준

동네 문방구에서 우표 팔던 중년 아주머니,

친절한 꽁지머리 우편집배원,

생선회 고수 카시오 청년,

어떤 꽃보다 아름다운 꽃집 남자,

마술 우산 같은 김내과 원장님,

외곬 인생 남대문 시계 할아버지,

마법의 손 신흥전기 수리공,

존 버닝햄의 그림책을 좋아하던 말썽꾸러기 민호,

청라언덕을 노래하는 구걸 할머니,

신학생 여성하 스테파노,

묵묵히 자비를 실천하는 K 신부님,

군대에서 시를 읽어주는 고참병사 진,

동네 곳곳에 생명을 심는 선글라스 아저씨와 나리꽃 여자,

평생 클래식 기타를 가르치는 여선생님,

진정 아름다운 노후를 보내는 이모님,

너무나 친구를 갖고 싶은 꼬마 친구 가을이,

하루에 차 여덟 잔 팔아 살아가는 부부,

신의를 지킨 나환자 촌 김씨,

들꽃봉투에 사랑을 담아 보내는 할머니,

목사가 되려는 감호소 소년,

화롯불 사랑 부부,

장애를 이겨내는 착한 아이 정수,

마늘로 은혜를 갚은 시골 아저씨,

어린 환자의 영전에 매번 꽃을 바치는 무명가수,

관현악단 첼로 주자의 꿈을 이룬 여학생,

시신 기증의 큰 의미를 가르쳐준 큰언니,

그리고 고양이 둥글레와 충직한 잡종개 데니.

또한, 깊고 아름다운 명언名言을 남겨준 이들―폴 고갱, 존 웨슬리, 찰스 슐츠, 알렉산더 벨, 데일 카네기, 앙드레 지드, 헨리 폰다, 마르그리트 뒤라스, 틱낫한, 톨스토이, 윌리엄 블레이크, 칸드, 스탕달, 소크라테스, 엘러너 루스벨트, 체호프, 조지 워싱턴, 채근담, 헤르만 헤세, 마더 테레사, 펄벅, 에머슨, 세르반테스, 알랭, 헬렌 켈러, 안데르센, 쌩 텍쥐페리, 헨리 데이빗 소로, 소피아 로렌, 로댕, 슈바이처, 발자크, 릴케, 소펜하우어, 칼릴 지브란, 마크 트웨인, 테니슨, 타고르―에게 사랑과 감사를 담아 이 책을 바칩니다.

　끝으로, 이 땅의 모든 아들과 딸들―사춘기에 들어서며 잠시 엇길로 들어섰으나 다시 씩씩하게 학교 생활을 하고 있는 S, 좋아하는 축구를 접고 대학 입시를 준비하는 H, 열심히 군 복무를 하고 있는 W, 알바로 스스로 학비를 벌고 있는 E와 꿈을 향해 힘든 인생 수업을 마다않는 S, 한때 딸이었으나 이제 어른이 되어 어린 딸에게 일하는 엄마의 아름다움을 보여주고 있는 K 그리고 어엿한 숙녀가 되어 있을 mooya라는 아이디의 여고생을 포함한―에게 맥아더 장군의 기도문을 들려주며 책을 맺습니다.

저의 자식을 이러한 인간이 되게 하소서.
약할 때 자기를 잘 분별할 수 있는 힘과 두려울 때 자신을 잃지 않을 용기를 가지고, 정직한 패배에 부끄러워하지 않고 태연하며, 승리에 겸손하고 온유할 수 있는 사람이 되게 하소서.
그를 요행과 안락의 길로 인도하지 마시고 곤란과 고통의 길에서 항거할 줄 알게 하시고, 폭풍우 속에서도 일어설 줄 알며 패한 자를 불쌍히 여길 줄 알도록 하소서.
그의 마음을 깨끗이 하고, 목표는 높게 하시고 남을 다스리기 전에 자신을 다스리게 하시며 미래를 지향하는 동시에 과거를 잊지 않게 하소서.
그 위에 유머를 알게 하시어, 인생을 엄숙히 살아가면서도 삶을 즐길 줄 아는 마음과 자기 자신을 너무 드러내지 않고 겸손한 마음을 갖게 하소서.
그리고 참으로 위대한 것은 소박한 데에 있다는 것과 참된 힘은 너그러움에 있다는 것을 항상 명심하도록 하소서…….
그리하여 그의 아비인 저는, 헛된 인생을 살지 않았노라고 나직이 속삭이게 하소서.